京都九条のあやかし探偵
～花子さんと見習い陰陽師の日常事件簿～

志木 謙介

この物語はフィクションです。
実在の人物、団体等とは一切関係がありません。

目次

プロローグ　トイレの中の

旧校舎の特別教室棟――通称別棟。

その三階、最南のトイレは男女共同だった。

この春に竣工《しゅんこう》した新校舎に特別教室のほとんどが移ったせいか、それとも第二物理準備室なんて必要かどうかよくわからない部屋の隣にあるせいなのか、その一帯は常に人けはない。

ただ単純に、男女共同だから使いにくいっていうのもあるのだろう。

女子と鉢合わせしてしまったら、お互い気まずいに違いない。

何か緊急事態にならない限り、ぼくだってそこには入らなかった。

そして――彼女と出会うこともなかったはずだった。

放課後、コンビニで買ったマンガ雑誌を白いビニール袋に入れて、ぼくは学校まで戻り、旧校舎の三階まで上がる。

旧校舎の取り壊し予定はなく、これからも授業で利用されるそうだ。

少し乱れた息を整えて、相変わらず静かなリノリウムの廊下を歩き、誰もいないことをこっそり確認してくだんのトイレへ入る。

個室トイレの一番奥。扉をノックする。

コン、コン、コン。

いつものように何も応答がない。

「開けますよ」

念のため訊いてみると、「さっさと開ければいい」と横柄な声が返ってきた。

失礼しまーす、と軽い調子で扉を開く。

便座の上に座っている彼女は、いつものように退屈そうに長い脚を組んで、ゆるく腕を抱いていた。

「私はね、君が毎週月曜ここへ来ることを楽しみにしているんだ」

「これでしょ、これ」

ぼくがコンビニの袋を差し出すと、ひったくるように奪われる。

「読んでないだろうね？」

ぼくが買ってあげているのに、先にぼくが読もうとするとひどく嫌がるのだ。

「読んでないですよ。あと、誰も触ってなさそうな物を選びました」

ペラペラペラペラ。

ページをめくるたびに、割り振られたコマとその中に描かれた少年少女がちらりと見える。

ぼくが買ってくる少年マンガをこの人は毎週楽しみにしている。

便器の脇には、ぼくが先週買ってきたバックナンバーが置いてあった。

なんて変な人なんだろう――。

正確には人じゃなくて、この世のモノならざる者――すなわち、この彼女はあやかしなのだ。

ちょっとした危機を助けてもらい、ぼくたちは知り合った。

この学校に入学してちょっとした頃だから、今からもうひと月も前のことだ。

あやかしのことなら何でも知っている彼女。

ぼくが名前を訊くと、どう呼んでも構わないと言った。

だからぼくは彼女のことを、花子さんと呼んでいる。

0話　トイレの中で

ぼくは、人ではないモノが視えた。

妖怪やあやかし、幽霊、そういう類いのモノ。

そういう家系に生まれてしまったことが最大の要因だろう。

だからといって何か不便があるわけでもなかった。

人懐っこいヤツもいるけれど、大概のあやかしは人間を見つけると隠れてしまうような、存外シャイな性格をしていることが多く、人間を苦手としているヤツも多い。

それは、平安時代魔都と呼ばれた、ここ京都をとある陰陽師が鎮めた名残なのかもしれない。

だから、ぼくと目が合うと彼らは隠れてしまうんだろう。

今までそうだったから、これからもきっとそうだ。

そんなふうにぼくは十五年と少しを生きてきた。

けど、その日だけは違った。

放課後の掃除当番で、ぼくと同じ班のクラスメイト五人は、入学しばらくのぎこちない会話をどうにかやりくりしながら、教室を掃除していた。

出身中学がどこなのか、担任の先生のこと、入る部活のこと、通学手段は何なのか。

当たり障りのない社交辞令みたいなおしゃべりをしながら、簡単に掃除を済ませる。

「ぼく、場所わかるから行くよ」

ゴミ置き場の場所がわからないという話になり、ぼくが買って出た。

それじゃあ、とみんなは最後の仕事をぼくに任せて、ぼくらは一緒に教室を出る。

鞄を持ったみんなは昇降口へ。薄汚れたゴミ箱を持ったぼくはゴミ置き場へ。

上履きのまま、一階の渡り廊下から校舎外に出ると、煤《すす》けたにおいが風で運ばれてきた。

焼却炉脇にあるゴミ置き場には、もうすでにゴミの詰まったビニール袋がいくつか置かれている。たぶん、掃除を済ませた他のクラスのものだろう。

同じような場所に太ったゴミ袋を置いて出たとき、不意に視線のようなものを感じた。

そちらに目をやると、焼却炉の壁に背を預けているあやかしが、ぼくをじっと見つめていた。

棒切れのような両手足で寸胴な体型。

洞《ほら》のような真っ暗な目は、確かにぼくを視界に捉えている。

「ネェ、視エテル？」

あやかしに、はじめて話しかけられた。

高校生になったという浮ついた気分でいたせいか、ほんの少しの冒険心が顔を覗かせた。

「うん、視えてるよ」

「ボク、苦シイヨ、ボク、苦シイヨ」

「え」

言っている意味がわからない。何か困っている？

事情を訊くため、ぼくが周囲に人がいないのを確認していると、ゾルゾル、と何かを引きずるような音がした。

ぺちゃり。

湿気を孕《はら》んだしわがれた手が、ぼくの足を掴んだ。

やたらと筋張っている、枯れた手。

「……ドウシテ、ボクヲ、助ケテクレナカッタノ」

あ、やばい――。

過去のことを口にするあやかしは比較的力が強く、人の世に害をなす――。

ジイちゃんの言葉が思い出された。

頭の中が真っ白になる。

肝心のジイちゃんやハチさんに教えてもらった護身用の呪文も印も、全然パッと出てこない。

怖気が背中から這いのぼってきた。

とっさの直感でぼくは飛びのいた。

幸いあやかしの手から逃れたものの、ゾルゾル……ゾルゾル……と這ってこちらへやってきている。

顔を上げたまま、眼窩《がんか》のない真っ暗な目で、ぼくを見つめて——。

悲鳴をあげなかったのは、ぼくのわずかに残った男子としての意地だった。

背をむけて駆け出す。

笑っている膝のせいで、地面を踏みしめている感触はまったくない。

遠ざかっているはずなのに、また、あの音が聞こえる。

ゾルゾル、ゾルゾル……。

本当に聞こえているのか、ぼくの幻聴なのか、それすらもうわからない。

音がしないほうへ、音がしないほうへ。

学校外へ行こうとしてもダメ。教室棟もダメ。新校舎もダメ。

ただそれから逃れたくてぼくは走った。
喉が震えて呼吸はひゅうひゅうと変な音がする。
頭の奥が恐怖でジィンと痺れた。
別棟に逃げ込み階段を二段飛ばしで駆けのぼる。
音が遠のく場所を探すと、男女共同のトイレが適当だった。
またあの音が大きくなってくる。隠れようと、ぼくは一番奥の個室を開けた。
そこにはすでに先客がいた。
赤い服を着た女の人。
うわぁ、とぼくは驚いてまたしても飛びのいた。
「ごめんなさい、ごめんなさい、ひ、人がいるとは思わなくて」
顔をそむけて扉を閉めようとすると、品のある落ち着いた声がする。
「心配しなくていい。別に用を足していたわけではないから。君、視えるようだね？」
え、とぼくは顔を上げた。
烏の濡れ羽のような真っ黒なロングヘアに計ったように整った目鼻立ち。
ありていに言えばびっくりするほどの美人だった。
そんなことを訊くってことは、この人も陰陽師なのかもしれない。

「そうなんです。今ちょっとその件で、変なのに追いかけられていて」

ぼくは藁《わら》にもすがるような思いで状況を伝えた。

ちゃんとした陰陽師なら、ぼくとは違ってきちんと追い払うことが出来るはず。

彼女は便座の縁に座ったまま目を細めた。

「続けて」と、それだけ言って先を促す。

「ゆっくりゆっくり、追いかけて来るんです。ああ、目を合わせて口を利いたのがマズかったんですよね」

くすっと彼女は小さく息をつく。

少し口元がゆるんでいるから、笑ったんだとわかった。

「落ち着いて。君が思っているほど、他人は君の言葉を理解してくれないのだから」

「あぁ、ええっと。ゾルゾルって音、聞こえませんか？　今もちょっとずつ近づいてるんです」

「重そうな何かを引きずるような音だ。聞こえる聞こえる。ヤツは、温かいところにいなかったかい？」

温かいところ……。

焼却炉に背中を預けていた。

温かいと言えばそうなのだろうけれど、人が同じことをしていれば火傷程度では済まないだろう。

「あ、はい。焼却炉のそばに。ぼくがゴミを捨てたとき、声が聞こえて目が合ったんです」

今にして思えば、どうして無視しなかったんだろう。

冷静になれば、耳なんて貸さなくてもよかったのに。

あやかしは、人の世とは違う世界に生きる存在なのだから。

「あの手の輩は、そういうものだよ」

ぼくが思考している三段上の発言のように思えた。

「ヤツは『土流《つちながれ》』と言って――、説明は後だ。水を出せ。もうそこまで来ている」

「え、水？　どうして？」

「困っているのは君だったはずだが？」

この人がどうにかしてくれるわけではないらしい。

情けないことに、ぼくはそんなことを考えていた。

ゾルゾル、という移動する音がさらに大きくなっている。

幸いここはトイレ。水には困らない。

ぼくは「水を掛けてやれば逃げていく」と彼女が教えてくれたので、洗面台の蛇口に掃除用のホースをつけて、先端を握った。

これだけで本当に逃げるのだろうか。
「ボク、苦シイ。苦シイ。ドウシテ、助ケテクレナカッタノ——」
筋張った手が壁を掴むと、ぬっとあの真っ暗な双眸《そうぼう》が角から飛び出してきた。
喉の奥で小さく悲鳴をあげたぼくは、一歩後ずさり、蛇口を一気に捻る。
ゾル、ゾル……。
土流と彼女が呼んだあやかしが、ゆっくり出てくるとぼくのほうへ手を伸ばす。
ホースの中を水が走る。
先端から出た水は、ちょろちょろ、とぼくの足下に情けなく垂れるだけだった。
届かない。これじゃあ——。
「苦シイ。苦シイ。ドウシテ、ドウシテ——」
眼前に伸びた手。
土気色の手。
しわしわで干からびたような硬そうな手。
視界の中では腕は六本——いやもっとあるように視えた。
最初視たときより、増えている。
「……ボク、ト、代ワッテヨ……」
土流の手から指から腕から、厭な感じがした。

とっさにぼくはホースの先端を親指で押さえつけた。

流れ出る箇所を限定したことにより、ちょろちょろ出るだけだった水が、ふた又になって勢いよく飛んだ。

二本の水が土流に直撃する。

目の前、数センチに迫った手は動きを止めて、声にならない悲鳴をあげた。土流は、ゾルゾル、と音を立てて、ぼくからゆっくり離れていき、姿が見えなくなった。

力が抜けて、冷たいタイルの上に腰を落とす。

まだ流れている水で、ズボンが濡れていくのもどこか遠くに感じていた。

「君、用がないのなら出ていきたまえ」

個室から顔を出している彼女はシッシと手を振っている。

あやかしにはじめて襲われて、どうにか追い払ったぼくのことなんてお構いなし。

ズボンもパンツも濡れてしまっているけれど、とにかくぼくはお礼を言った。

「あ、あの、ありがとうございました。助かりました」

「私に礼などと、おかしなニンゲンだ」

謎の生物を見るように、彼女はぼくを眺めている。

「アレは一体何だったんですか？　襲われたことなんて、今まで一度もなかったのに」

「土流と言っただろう？」

だから、それが何なのか教えて欲しい。

くす、と彼女は品よく笑う。

「不満そうな顔をしないでおくれ。からかった私が悪かったよ」

口元を隠して楽しそうに体を揺らしている。

この人、ぼくをイジめて遊んでいる。

「普通のニンゲンは知らないだろう。なぜ、水が苦手だったのだろう？　わかるかい」

どうして、水が苦手なのか……？

ジイちゃんが教えてくれた。あれは確か……。

「えっと。あやかしは、木《モク》・火《カ》・土《ド》・金《ゴン》・水《スイ》に大別されるから……水は火に勝つ。水に弱いってことは、あの土流は、火行のあやかし」

陰陽五行思想の基本。ぼくはジイちゃんにそう教えられた。

ぼくに陰陽師としての力はさっぱりないけど、こういうことは覚えている。

火行だから、あのあやかしは焼却炉のところにいたんだ。

ぼくが一人で納得していると、

「そんな理屈なんてものはどうだっていい」

うるさそうに彼女は言った。

「火行？　あのあやかし、君は何に視えた？」

あまり思い出したくないけど。トラウマにもなりそうだけど。ぼくは思い出す。

筋張った枯れた手と、いくつも伸びてきた腕。重そうな足音。

「何だろう」

「『ボク』と自分のことを言っていただろう」

「はい。それが？」

はぁ、とため息をつかれた。

「僕《ぼく》、朴《ぼく》、墨《ぼく》、漢字で書くと、いくつかあるだろう。そして、ボクというのは一人称という認識で相違ない」

ヒントのつもりらしい。

頭の中でボクという字を変換してみる。

ボク。あやかしの見た目。

「あ。ボク――漢字で書くと、木曜日の『木』もボク」

ようやく正解したらしく、彼女は小さくうなずいた。

「そう。土流は、元は大木のあやかしだ。その当時は名前なんてなかっただろうけれどね」

けど、木行のあやかしだとするなら、水が苦手なんてことはない。木行が弱いのは金行だ。

　そのことを言うと、まったく、と彼女は腕を組んだ。

「そんな理屈はどうだっていい。それに、『元は』とさっき言っただろう」

「もったぶらないで、教えてください。どうして木《ボク》なのに水が苦手だったんですか」

「いいだろう。君に察してもらおうとしていては、夜が明けてしまうからね」

　悪かったな、察しが悪くて。

「土流はその名の通り『土を流されたモノ』のことを言う。いつだったか、少し前に大洪水があっただろう。十中八九、アレは、水害に巻き込まれた木のあやかし。依り代の大木が死んでしまって、物の怪『土流』となった。皮肉だね、物の怪の類いになってはじめて名がつくなんて」

　京都市で、大木が土ごと流される大洪水？　水害？　少し前？

　ぼくにはさっぱり覚えがない。

「だから、水が苦手なんですか？　水害に遭ったから」

「いくつか異なる事例はあるけれどね。あのままだったら、ヤツは君の生気を吸い取るまで一生追い回しただろう」

　そう言って、クツクツ、と意地悪そうに笑った。

狙われたこっちは笑いごとじゃない。

「それじゃあ、土流は、火行のあやかしなんですか？」

「理屈であやかしが退治出来たら、もう陰陽師がすべて退治してしまっているだろう。囚われないことだよ」

この人、陰陽師なのに陰陽五行思想を全然気にしない。

逆に、ぼくはプロっぽさをそこに感じた。

「陽が落ちた。さあ。もう帰りたまえ。……そして、もう二度とここへは来るんじゃないよ」

個室の扉が閉まった。

けど、すぐに開けた。

「あの」

「どうして開けるんだい。なかなかどうして、セリフも良い感じに決まったのに」

そんなの気にするんだ。

「帰らないんですか？　あ、用を足すつもりだったら」

「違う。用は足さない。あと、帰りもしない。ここが私の居場所だからね」

居場所？

怪訝《けげん》にぼくは眉を寄せる。意味がよくわからなかった。

まあいいか、と最後にもう一度お礼を言うことにした。

「ぼく、新城孝春《しんじょうたかはる》って言います。今日はありがとうございました」

ぎょっと目を見開いた彼女は、右手を大きく振り上げて、パシンッとぼくの頭を叩いた。

「いったぁ。何するんですか」

「あやかしに自分の名を教えるヤツがあるか。阿呆。君、不用心にもほどがあるぞ」

「え——あやかし？」

また扉が閉まって、今度は鍵まで掛けられた。

何を言っても、もう彼女が応えてくれることはなかった。


家に帰ってくると、玄関の上がり框《かまち》の上でダルそうに横になっているハチさんに訊いた。

「ただいま、ハチさん。訊きたいことがあるんだけど、いい？」

「あのちっこかった坊《ぼん》も、もう高校生やったなぁ。オンナの口説き方なら、なんぼでも教えたんでぇ？」

眠そうに、くわっとひとつあくびをしたハチさん。

「そうじゃないよ」と、ぼくも上がり框の上に腰を下ろした。

「ここらへんで洪水って最近あったっけ？」

「洪水？　ああ、ちょっと前に豪雨で道路が冠水したことあったやろ。御所のほうとかみーんな。あれ、五山の送り火の日ぃやなかったか。これアカンやろっていうくらい降ったやん」

　それはぼくも覚えている。でも、それとはニュアンスが少し違う。

「大木が根っこごと流されるほどの水害だったっけ、あれ」

「そんなん、鴨川が氾濫《はんらん》しとった頃はしょっちゅうや」

「鴨川が、氾濫？」

　あれはいつ頃やったかなぁ、とハチさんは立ち上がって、夕飯のにおいが漂うキッチンのほうへトコトコ歩く。

「少なくとも、日本が戦争に負ける前のことやったと思うで？」

　ってことは、もう七〇年以上前だ。

　ぼくはあの人を思い出す。

　二〇代前半くらいのとても綺麗な人。

　この世のものとは思えないあの美貌は、文字通り、この世のものではなかったらしい。

この日、ぼくはトイレにいる美人のあやかし——のちに花子さんと呼ぶ彼女——に出会ったのである。

1話　醜女《しこめ》

午前七時半。九条通《くじょうどおり》を西へまっすぐ自転車で走る。

景観を損ねないように、一定の高さ以上に建物を作ってはいけない条例があるためか、空が余所《よそ》の町に比べてとても広く感じるのが、京都の特徴のひとつだ。

東寺駅から吐き出された学生やサラリーマンをぼくはゆるく追い越していく。

春の朝に広がっている空は青く、すぐにひょっこりと五重塔が現れた。文化財だの国宝だの世界遺産だのと言われても、毎日見ていればありがたみも薄れるし、慣れればただの風景でしかないのである。

ハチさんにトイレにいたあやかしのことを相談してみると、

『あやかしの追っ払い方をわざわざ教えてくれはったんなら、悪いヤツちゃうんとちゃうかぁ』

とのこと。

ちなみに、彼女に名前を教えてしまったことは隠しておいた。

あやかしに自分の本名を教えるってことは、人間で言うなら印鑑と通帳と携帯を渡すようなものだと、幼い頃、ジイちゃんに教えてもらった。

要するにかなりやばい。このことがバレれば、こっぴどく叱られるに違いない。けど、ハチさんからお墨付きをもらったのだから、これといった害はないタイプだろう。

ぼくが今まで視てきたあやかしたちと同じように。

トイレに女の子のあやかしがいればそれはもう、あの花子さんだろう、とぼくは勝手に決めつけ心の中で「花子さん」とそう呼ぶことにした。

駐輪場に自転車を止め携帯で時間を確認すると、七時四十五分。八時半のホームルームにはまだまだ余裕がある。

昇降口に行く途中、花壇に水をやっている若い男性教師がいた。

ぼくの記憶にある限りでは、毎日この時間に花の世話をしている。

担任でも何でもない関わりのない先生だけど、いつものように挨拶をしておいた。

下足箱にスニーカーを突っ込み、上履きに履き替え、ぼくの一日がはじまる。

高校生になって何かが変わるかと思ったけれど、そんなことは何もなかった。

友人とはまだ呼べない男子と部活見学をどうするかという話をしたり、何組に可愛い子がいるという噂を耳にしたり、体育の体力測定面倒くさいな、なんて愚痴ったり。

そんな取りとめのない男子高校生らしい話題をかわす。

引きこもりだの、イジメだの、そんなニュースが取り沙汰されている昨今、ぼくは上手く高校生をやれているんじゃないかと思う。

放課後を迎えると、バスケ、バレー、テニス、吹奏楽、とりあえず可愛い女子がいそうな部活を見学しようという隣人の誘いをやんわりと断って、ぼくは昇降口へむかう。

やりたくないことだけはわかるのに、肝心のやりたいことが何なのか、ぼくはさっぱりわからないのである。

あの隣人男子のように下心で入部するのもいいだろう。けどきっと、ぼくは長続きしない。そんな自信だけはある。

「先生、出張ってどこに行くんですか?」

ぼくの前を歩く女子生徒と男性教師。顔は見えないけど、後ろ姿からして先生は『朝の先生』だ。

「東京のほうで研修があるんだよ。それでちょっと」

「へえ。いいですね。お土産、何か買って来てください」

色素の薄い髪をシュシュでくくっている活発そうな女子は、たぶん先輩だろう。制服の着こなしがこなれているので、すぐにそれとわかる。

「田丸さんだけってのは無理だけど、先生方用に何か饅頭とか買ってくるから、そのときに余っていたらあげるよ」

「えー。余りか。先生、ケチだね」

「遊びで行くわけじゃないんだから、仕方ないだろ？　明日から、アレ、お願いね」

はーい、と間延びした返事をした田丸さん。先生は職員室のほうへ行ってしまった。

先生の背中をじっと見つめる彼女の横顔には、鈍感なぼくにもわかりやすい感情がある。

ほんのさっきまで、すごく楽しそうだったのに。

先生が角を曲がって見えなくなると、灯っていた火がしぼんだように、寂しそうな顔をした。

それから、じっと窓の外に見える花壇を見つめ、歩き出した。


翌朝。

登校すると、花壇の前に『朝の先生』はおらず、代わりに昨日見かけた先輩、田丸さんの姿があった。今日もシュシュで髪を後ろでくくっている。

先生がいつも持っていたプラスチックの安っぽいジョウロを持って、水をあげている。

花壇が終わり、次は隣の大きめのプランターにむけて、ぐぐっとジョウロを大きく傾けた。

青々と茂る植物が力強い葉をプランターからのぞかせている。

土に刺さるプレートが見えた。『万年青《おもと》』。

あの植物は、昨日までそこになかったけれど、まとめて水をあげるために田丸さんが日向に運んできたんだろう。

朝早くから大変だな、と思ったけれど、ぼくはこの学校に園芸部なるものが存在していることを思い出す。

園芸部の顧問と部員なら、朝早くから世話をすることも不思議ではない。

「おはようございます」

ぼくがいつものように軽くあいさつすると、田丸さんは焦ったような顔をしてぼくを見た。

「……おはよう、ございます」

先生にはいつもあいさつしていたから、ぼくとしては『いつも』なのだけれど、田丸さんはそうじゃない。

「いつも、先生にあいさつしてたので」

弁明すると、ああ、と納得いったようなぎこちない笑みをうかべた。

「日高先生、来週までいないから。それで私が臨時で水をあげているの」

「そうですか」

先生の名前が日高だとかそんなことよりも、ぼくは見慣れない『万年青』という植物に気を取られていた。

なんだろう、あやかしに似た気配を『万年青』から感じる。

土流のようにぼくを襲おうという様子はないし、手が伸びるわけでも迫ってくるわけもない。

ただ、『万年青』の内側にあやかしに近い何かがいる。

あやかしすべてが、人に害をなすわけではないから、このまま放っておいてもきっと大丈夫だろう。

ぼくは田丸さんに会釈《えしゃく》して学校に入る。

学力測定なる現代文、数学、英語のテストにうんざりしながらどうにかこなすと、昼休憩を迎えた。

名前を覚えるのが苦手なぼくと違って、隣人の彼はもうだいたい把握しているらしい。

「新城、食堂行こう」

いつもそうしているかのような言い草だ。

ぼくは母に持たされた弁当を広げようとしているところだった。

「弁当あるから」

「食堂でも食べられるだろう？　行こう」

なかなか強引。

一人でボッチ飯を食べるよりはいいだろう。そう思うことにして、ぼくは彼に従った。

食堂までの廊下からは、昇降口と花壇が見える。

他愛ない会話をしながらふと花壇のほうへ目をやると、田丸さんがプランターに水をやっていた。

「何、好きなの？」

隣からの声にぼくは首を振った。

「違うよ」

全然聞いてないみたいで、彼は目を細めて唸っている。

「ん〜〜。七十点」

「何それ」

「見た目の点数」

失礼な級友だった。

「いや、でも、先輩ってあたりを考慮すると、もうちょっと加点してもいいかな……。『先輩』っていう響き、なんかいいじゃん?」

君のクラスの女子の評価、訊いてきてやろうか。

ぼくも他人のことをどうこう言える容姿ではないし、この級友も特徴がないのが特徴のような容姿だ。

クラスでは、ぼく同様に、評価すら与えられないモブキャラ扱いなんだろう。

「むこうから来るんなら、まあアリだなぁ……」

来ねえよ。

なんで上から目線なんだよ。

ぼくたちは混んでいる食堂で、どうにか二人分の席を見つけて座った。

級友が違うクラスの人としゃべっているのが聞こえる。

名字は、池野屋《いけのや》というらしい。

改めて訊くのもどうかと思っていたので助かった。

トレーにカレーをのせた池野屋くんが戻ってきて、ぼくたちは「いただきます」をする。

お互いに無言で食べていると、「そういやぁ」とおもむろに池野屋くんは声をあげた。

「二階の渡り廊下の話、知ってるか？　昨日、部活見学したときに他のクラスのヤツに聞いたんだけど」

　これ以上ない真顔だった。

なんだろう……怪談話か何かだろうか。

通りがかればそれとなく意識してしまうから、その手の話はあまり聞きたくない。

意識すると視えてしまう類いのあやかしも多い。

「二階の渡り廊下なんだけど、一階の場所次第で……」

「うん」

池野屋くんは周囲を確認して、声を潜めた。

「女子のパンツ丸見えらしい」

真剣に聞こうと思ったぼくがバカだった。

「おい、どうした、ため息ついて」

「そういう話だと思わなかったんだよ」

「これ以上大事な話、学校にねえだろ」

「あるわ」

「じゃあこの話題について、興味あるかないかで話そう」

「なんでそうなった」

「Ｙｅｓ ｏｒ Ｎｏ」

「英語でわざわざ言い直すなよ」

両手を広げ、どうぞお答え下さいのポーズを取られた。

「……イエスだよ」

「ふふん。このむっつりめ」

勝ち誇ったようなドヤ顔が腹立つ……。

「オレたちでその地点を見つけたら、そこに名前をつけようと思う」

「つけるな、つけるな」

「ＰＭＰ─１《ワン》」

「は？」

「パンツ、めっちゃ見える、ポイント、その一」

こいつ、その二も見つける気だ──！

「『一時限目終わったらＰＭＰ─１《ワン》集合な？』みたいに言えたらカッケー。秘密基地みたい」

「どこ基地にしてんだ」

「ステキだろ？」

「やかましいわ」

昼食を済ませ、食堂を出ると花壇にもう田丸さんの姿はなかった。

彼女を三度《みたび》見かけたのは、放課後のこと。

またプランターに水をやっているところだった。

水のやり過ぎは、植物にはあまりよくないはず。

それは知っているんだろうか。

園芸部員だとぼくは勝手に思っていたけれど、本人からそうだと聞いたわけではない。

ひとこと声を掛けたほうがいいのかもしれない。

見たところプランターに植わっている植物は、観葉植物のようだ。

相変わらず、あやかしの気配はしている。

彼女の肩越しに見えたプランターの中は、土が水を吸い切れず黒い湖のようになっていた。

素人のぼくでも、これは植物に悪いとわかる。

もし知らないでやっているのなら、止めてあげないと。

声を掛けようとした瞬間、ぼそっと独り言が聞こえた。

「早く枯れればいいのに」

え。

ぼくが見ていることに気づいた田丸さんは、足早にその場を去っていった。

まっすぐ家へ帰ると、くわぁとあくびをしているハチさんが、玄関の三和土《たたき》の上で寝そべっていた。

癒される光景ではあるけれど、さっきの田丸さんのことが頭から離れなかった。

逃げるように去った、というか、あれは完璧に逃げた。

「誰や思うたら坊《ぼん》やないか」

「あ、うん、ただいま。ハチさん、そんなところで寝てたら風邪ひくよ?」

「このひんやりしたコンクリがなかなかクセになんねん」

ちっちゃな口を大きく開けて、ハチさんはまたあくびをする。

「そぉいやあ、坊、通てる高校におった『土流《つちながれ》』、追っ払ったそうやなぁ? どぉしてん、気ぃでも変わったん?」

ああ、そのことはまだ、ハチさんにもジイちゃんにも話してなかった。

「ぼくが退治したっていうよりは、身に危険が迫ったから。この前話したでしょ、トイレのあやかし、その人に助言をもらって追い払ったんだよ」

「隆景《たかかげ》がそのことを聞いて、ちょっとだけ嬉しそうにしとってん。坊がやる気になったーゆうて」

そうなのか。

ジイちゃん、嬉しそうにすることあるんだ……。

「別に、やる気なんて出してないよ。ただぼくは、危なかったからたまたま。考えは変わらないから、ずっと。陰陽師なんてやらない」

それに、ぼくにはそんな力がまったくない。

適性もないように思う。

「どうしてそのことを？」

「又八さんの情報網を甘う見とったらアカンでぇ」

口元をニヤリとさせるハチさん。

「ジイちゃんには、考えは変わらないって言っておいて」

ぼくがスニーカーを脱いで、古くなった板張りの廊下を進んでいると、

「そのくらい、坊が自分で言いよし」

玄関からの気だるそうな声にドキリとする。

軋む階段をのぼり、奥の自室へ入った。

六畳の畳敷きの和室は、カーペットを敷いたりベッドを置いたりして、洋室っぽく

している。

鞄を適当に置いて、ベッドに背中から倒れた。

ジイちゃんは、昨日今日と仕事で家を空けていて、帰りは明日になるそうだ。

その仕事というのが、陰陽師の仕事。

すっかり怨霊退治のイメージがついてしまっているけれど、風水で吉凶を決める、いわゆる占いの仕事だ。

ジイちゃんはその界隈では名の知れた陰陽師だから、依頼も結構多い。

お金のある人間ほど、そういうオカルトめいたことに傾倒しがちだから、それなりに儲かるそうだ。

逆に、怨霊退治はボランティア。

誰に顧《かえり》みられることもない、地道な治安維持活動。

儲かるのかって？　答えはもちろん、ノー。

人に害をなすあやかしはほとんどいないとはいえ、ゼロってわけではない。

カリカリ、とひっかく音がしてほんの少し襖《ふすま》に隙間ができると、そこからトコトコとハチさんが入ってきた。

「坊、男なら、キチンと言わなアカンときもあんねんで？」

うん、とぼくは力無く返事をする。

「どうして父さんじゃないんだろう」

「なんべんもゆうてるやろぉ。カクセイナンタラのアレやぁ、ゆうて」

「隔世遺伝ね？　知ってるよ。ぼくが言いたいのは、そういう意味じゃなくて……」

陰陽師の力は、新城家の男子、祖父と孫に発現する。

何世代前からかは知らないけど、ハチさんが知っている限りでは、明治くらいからそうだったらしい。

平安の世では親から子へ受け継がれていた陰陽師の力が、徐々に弱まっているせいでもあった。

だから、もしかするとぼくの孫（できるかどうか知らないけど）には、視る力すらなくなる可能性もあるそうだ。

とっ。

ハチさんはぼくが寝そべる隣にジャンプしてやってくる。

「隆景も坊とおんなじくらいのとき、なんでや、ゆうて悩んでたわ」

ぼくを覗きこんで、クツクツ、と数本のひげを揺らしながら笑った。

ちっちゃい眉間を人差し指ですりすり撫でてあげる。

ハチさんは、こうされるのが好きなのだ。

「止めよし」

とか言いながら、気持ちよさそうにハチさんは目を細めた。

父さんには一本しか見えないハチさんの尻尾は、ぼくには二本に視える。

「逆に、坊のオトンは力が無いことが嫌やったらしいで？　昔シリアストーンでぼやいてたわ」

「そうなんだ」

せやで、とハチさんはぼくの隣でくにゃりと丸くなった。

父さんにはハチさんの声も聞こえない。

「ええ世の中になったなぁ。新城家の男子は、陰陽師として総出であやかしや怨霊と戦うてたゆうのに。あれ、いつのことやったかなぁ……陰陽寮があったころやから……」

ぶつぶつ、とハチさんが独り言のように言う。

陰陽寮っていうのは、陰陽師を統括していた当時の省庁のことだ。

陰陽方の他にも部署がいくつかあったらしい。

陰陽方は、今ジイちゃんが仕事としてやっていること。

天文方は、星の遷移《せんい》で気象や吉凶を占う。

暦学方は、文字通り暦を作って毎年発表する。

漏刻方は、時間を知らせるいわゆる時報役。

これら四つをまとめて陰陽寮。

陰陽師とひと口に言っても、仕事それぞれ専門がある。

怨霊退治の派手な印象があるからそうはあまり思われていないけど、陰陽師っての は、基本的には学者や技術者の官僚集団なのだ。

けど今は、暦は作らなくてもカレンダーがあるし、うるう年を定めているおかげで日付はズレない。

気象を占わなくても毎日天気予報で天気はわかるし、漏刻方なんて今や誰でもできる。

それをぼくに教えてくれたのは、ジイちゃんだ。

で、幼いぼくが思ったのは、陰陽師ってなんかショボいなってこと。

陰から町を守っているって部分にトキメクこともあったけど、力がほとんど無いとわかってからは、ぼくにはできないことなんだと肩を落とした。

安倍《あべ》や土御門《つちみかど》、加茂《かも》は調べればそれなりに当時の記述が見つけられるのに、新城家はどの文献にも載っていない超マイナー一族。

ぼくがさらにがっかりしたのは言うまでもないだろう。

脇に手を入れて、ハチさんを抱え上げる。

ぱっと見、ただの黒猫なのに、千二百年以上生きている化け猫だ。

二本の尻尾がぼくのお腹の上に垂れている。

「坊は、なんになりたいん?」

「え?」

何に、なんて考えたことない。

高校は近所で偏差値も普通くらいだからという理由で入ったし、これといって部活をやっているわけでもない。

ただ、なんとなく高校生活を送っている。

「サンガか、サンガに入るんけ?」

サンガっていうのは、Jリーグのプロサッカーチーム京都サンガFCのことだ。

「無理無理。あれ、プロのサッカー選手が入るところだから」

意外なことに、ハチさんはサッカー好き。

転がっている球体があれば追いかけちゃうくらいだ。

そういうところは、ちゃんと猫っぽい。

「そぉか……」とハチさんがしゅんとしてしまった。

ちょっと可愛い。

「坊、サッカーもできひんのか……」

「そこにしゅんってしてたんだ」

できるよ。リフティング最高三回だけど。

それに、できるからってサンガに入れるわけでもないだろう。

「坊は、何が好きなんやろか……」

「そんな、ハチさんがぼくの将来を真剣に考えなくてもいいじゃん」

「ぶつくさ文句ゆうてたけど、隆景はあっちの才能あったし、おまえのオトンは力のない一般人やったからまぁええとして……ワシは坊が心配やぁ……」

うりうり、とちっちゃな眉間を撫でた。

ごろごろ、と喉を鳴らすハチさんが、満足そうに目を細める。

「止めよし」

嬉しいくせに。

「学校はどうや」

「ああ、学校？　それなりに、まあ上手くやっているよ」

そういえば、とぼくは今日感じたあやかしのことを訊いてみることにした。

「万年青っていう植物があるんだけど、あやかしの気配がしたんだ」

「植物から？」

「そう。別に放っておいてもいいと思うんだけど」

けど、田丸さんのあの様子から、何か悪影響を及ぼしているのかもしれない。

「せやったら、放っといたらええ。なんでもかんでも祓《はら》ったり退治するんが、陰陽師やないからなぁ」

「うん」

「アレやったら、隆景に明日訊いたらええ」

「そうだね」

あやかしに関しては、ハチさんよりもジイちゃんのほうが詳しい。

それは知っているのだけど、ジイちゃんにあやかしのことを訊くと、ぼくが陰陽師に興味があると勘違いさせかねない。

「坊。ワシは、坊に陰陽師の才能、あると思うで？」

「冗談。どこにあるっていうんだよ？」

そんなこと言われても、あまり嬉しくない。

「自分とは無関係のモンに首突っ込もうとしているところや」

それのどこにハチさんは才能を感じたんだろう。

知っている場所で知っている人があやかしの被害に遭えば、ぼくはきっと何もしなかったことを後悔する。

ハチさんをおろして、宿題があるから、と部屋から追い出した。

ベッドに横になったまま、天井を見上げる。

——坊は、なんになりたいん？

ハチさんの言葉がぐるぐる頭の中を回った。


翌朝、昇降口前の花壇には誰もいなかった。田丸さんはもう水やりを終えたのか、葉の上にのった水滴が、朝の陽を反射して宝石みたいに綺麗だった。

例の万年青が植えられているプランターは、相変わらず大洪水。花壇はそんなことないのに。

どうしてこんなことを——。

理由を訊こうにも、ぼくは彼女のクラスを知らない。

見かけたら声を掛けてみよう。

そんなふうに決意をした日に限って田丸さんを見かけることがなかった。

二年なのか三年なのかもわからないから、少し途方に暮れた。

けど確実なのは、水やりにやってくるということ。

午前最後の授業が終わると、ぼくは急いで外へ出る。相変わらず万年青からはあやかしの気配がしていた。

花壇が見える場所で弁当を食べて張り込んでいると、グラウンドのほうからサッカーボールが飛んできた。

万年青にボールがぶつかり、プランターごと横倒しになると、慌ててボールを拾いにきた男子がプランターを元に戻し去っていった。

心配になってプランターをのぞくと、不安的中。

ボールがぶつかったせいなのか、横倒しになったせいなのかわからないけれど、葉の数枚がぽっきりと折れてしまっていた。

「事故だから仕方ないのかな……」

結局、昼休みに田丸さんは花壇に現れず、張り込みは空振りに終わった。

その日は彼女を見つけられないまま、下校の時間を迎えた。

昇降口を出てプランターをのぞいてみると、状態は昼休憩のときと同じ。

相変わらず湿りけたっぷりの土に、折れてしまった数枚の葉。

陽が暮れるまで来ないか張り込んでみたものの、やはり彼女はぼくの前に姿は現わさなかった。

次の日は土曜で休みだったけれど、万年青が心配だったので様子を見に行くことにした。

私服では目についてしまうので、部活に行く生徒を装って制服でむかう。

駐輪場で自転車のスタンドを立てたとき、私服姿の田丸さんが目の前を横切った。

肩にかけた鞄に、大きな断ち切りばさみをしまうのが、ちらっと見えた。

ふんふん、と機嫌よさそうに鼻唄を歌う彼女に、ぼくは感じていた嫌な予感が一層増した。

花壇を振りかえった。

プランターから顔を覗かせた青々とした葉が見えない。首をかしげながら近づくと、万年青の青々とした葉がズタズタに切られていた。

切り口はまっすぐ。だから、ハサミか何かで切ったんだろう。

もう二度と元に戻らないように——そんな悪意さえ感じる。

「なんで、こんなこと」

どうしてだろう、ぼくもショック。

先生が大切にしていたものだろうに。それを知っていたはずなのに。

犯人は、たぶん田丸さんで間違いないと思う。

田丸さんを見つけて問い詰めて——、……それでどうする。

結局ぼくは先生とは朝あいさつを交わすだけの仲でしかないし、ほとんど無関係。

万年青から感じるあやかしの気配が、田丸さんに何か影響を及ぼしているのかと心配したけど、そんな雰囲気もなさそうだった。

あんなことをして、田丸さんは先生にどう説明するつもりなんだろう。預かった観葉植物をこんなにして。

それに、観葉植物を外で世話する必要なんてないはずだ。

ぼくはもう、この件には関わらないことにした。

関わらないというか、元々外野。関わってすらいない。

思いのほか、ぼくは怒っているらしい。

乱暴に自転車のスタンドを蹴って、漕ぎ出す。本当に、何がしたいんだろうあの先輩は。

苛立つとお腹が減る。

このまま家に帰れば、ハチさんに愚痴ってしまいそうだ。

家とは道は違うけど、九条通を進み油小路通《あぶらのこうじどおり》を曲がったところにショッピングモールがある。所持金は四百円ちょっとだけど、そこで何か食べよう。

ハンドルを切って油小路へ入ってすぐ、目的の建物が見えた。

景観を損ねないため建物の背は低く、色合いも地味で落ち着いている。

これは、モールに限った話ではなく、各コンビニやファストフード店も目立つ色ではなく落ち着いた白や黒、グレーと言った色に外観を変えている。

ぼくは駐輪場を見つけ、自転車を止め中へ入った。

京都駅から近いということや、休日ということもあって大勢の人で賑わっている。

制服でしかも一人というのは、中々目立つ。一旦帰ればよかった。

フードコートへ行くためエスカレーターを探してうろうろしていると、フラワーショップの前を通りがかった。

店内に、見覚えのあるポニーテールを見つけて足を止める。水色のシュシュ。

田丸さんがレジで支払いをしているところだった。

手には、専用の袋に入った観葉植物。ギフト用にリボンがあしらってある。

万年青をあんなにしてしまったから、弁償しようとしているんだろうか。

でも、よく見ると、まったく違う植物だった。

もう、あの人の行動がさっぱりわからない。

いかんいかん、とぼくは首を振る。関わらないってさっき決めたばかりだ。

後ろ髪引かれる思いでぼくは歩き、エスカレーターでフードコートのある四階へやってきた。

うどん、イタリアン、ファストフード、色んな店があって、なんだか楽しくなる。

けど、所持金は四百円ちょっと。

すぐ悲しくなった。

携帯で時間を確認すると、午前十時半を少し回ったところ。もう少しすればここも人で溢れるだろう。

ひとまず席を確保する。隣の席には、物静かそうな若い女性がいる。

周りを見ていると、隣の席のむかいに男性が座った。

ぱっと目が合って、お互いすぐに気づいた。

『朝の先生』こと、日高先生だ。

「あ。どうも、こんにちは」

「ああ。ええっと、朝あいさつしてくれる新入生の」

「はい。新城っていいます」

そうか、出張で学校にいないと言っても、土日に戻って来ないってわけじゃない。

「ウチの新入生ですか?」

物静かそうな女性がぼくに言った。

ウチ?

ぼくが怪訝《けげん》そうにしていると、先生が補足してくれた。

「家内も元教師で、もう退職したけど去年まで伏羽高《ふせば》にいたんだ。僕とはいわゆる職場結婚ってやつ」

少し照れくさそうに先生は説明する。あ、だから「ウチ」。

ん、家内……？

先生と女性の左手の薬指には指輪があった。

先生に会ったせいで、さっきからずっと万年青のことが頭の中をチラつく。

ぼくがどうしようか考えていると、先生が席を外し、アイスを三つ買ってきた。

「せっかくだから、食べて」

ぼくに差し出したのは、コーンの上にレギュラーサイズのバニラとストロベリーのアイスがのっているものだった。

「あ。ありがとうございます」

わざわざぼくの分まで。先生いい人。

なんてぼくはチョロいんだろう。

それからは、奥さんを交えて、学校のことを色々としゃべった。

園芸の話になると、先生がああだこうだと教えてくれた。やっぱり先生は園芸部の顧問らしくて、植えた草花の成長を楽しみにしているようだ。

先生を悲しませることになるけれど、やっぱりぼくが見たことは報告しておいたほうがいいだろう。

「先生、田丸さんっているじゃないですか、上級生の。あの、ポニーテールの」

「ああ、うん」

先生は何気なくうなずいた。けど奥さんは、顔を強張らせた。

不思議に思いながら、ぼくはここ数日の一部始終を先生に伝えた。

「田丸さんが、そんなことを」

万年青をメチャメチャにされたほうよりも、世話を任せた田丸さんの行動に先生はショックを受けたようだ。

「やっている現場を見たわけじゃないんですけど……おそらく、そうじゃないかな、と」

「間違いないと思う」

断言したのは奥さんだった。

「去年、私たちが付き合っていた頃、もちろん親しい先生数人しかそのことは知らなかったのだけど」

「え。知っている人いたんだ」

と、日高先生。

うなずいた奥さんは、ちょうどぼくの知っている先生を三人あげ、話を続けた。

「それで、聞きつけた田丸さんが担任の私に相談があるからって、放課後空き教室でその件で話したことがあったの」

恋している男性教師がいるのだ、と。

けどその人には付き合っている女性教師がいる、と聞いた、と。

その女性教師があなたなのだ、と。

当時は担任の先生であったため、プライベートな内容だからと奥さんは答えなかったそうだ。

質問の一切を濁しながら、かわし続けた。

教師と生徒という立場があるから、「卒業してもまだその気持ちが変わっていないなら、想いを伝えればいい」そう締めくくったらしい。

けれど、卒業を待たずして憧れの先生と担任の先生の二人は結婚し、担任の先生は退職する運びとなった。

結婚のきっかけは妊娠の発覚。

今、奥さんのお腹には赤ちゃんがいる。

だから、と奥さんは言う。

「私が、田丸さんを牽制《けんせい》したのだと思われても、仕方ないのかもしれない」

卒業するまで待てと建前《たてまえ》を並べて、自分はそのまま子供を授かって先生と結婚する――。

その結果だけを聞かされた田丸さんは、どう思っただろう。

「田丸さんとそんなことがあったなんて、はじめて聞いたよ」

苦笑しながらゆるく頭を振った先生は「それで、万年青を」と合点がいったように、つぶやいた。

「田丸さんから好意を感じることがあったけど、それほどのものじゃないと思ってたんだ。そうとは知らず、職員室の端に置いている万年青は横井先生からのいただきもの——誕生日プレゼントだと以前しゃべったことがある。自宅じゃ狭いから職員室で育てたら、って横井先生に言われて置いていたんだけど」

横井というのは、奥さんの旧姓のようだ。

「だから、『日高の万年青にイタズラをした誰かがいる』ってさっき聞いて、確信したの」

話の内容はちょっと重いけど、各々アイスをスプーンでつついたり舐めたり、食べながらしゃべっているから、ぱっと見、それほど暗い印象は受けないから不思議だ。

アイスってすごい。

「なんか、すみません。せっかくの休みなのに、こんなこと」

「ううん、いいよ。教えてくれてありがとう」

そうは言うものの、先生はがっかりしている。

みんながアイスのコーンまで食べ終えると、先生は奥さんに切り出した。

「万年青の様子を見たいから、ちょっとだけ、学校に寄っていいかな」

奥さんが了承したので、話の流れでぼくも学校へむかうことになった。

駐車場にある先生の軽自動車の後部座席へ乗り込む。ふわりと柑橘《かんきつ》系の芳香剤の香りがした。

五分ほどで学校へ到着し、昇降口前の花壇へやってきた。

万年青のプランターを見て、ぼくは目を疑った。

切り裂かれた青々とした葉が、元に戻っていた。

「あ、あれ――？　さっきは、葉っぱが、ハサミか何かで切られてて」

見間違えた？　いや、そんなはずはない。

切られていた。犯人の悪意が見えるほど。ばっさりと。バラバラに。

機嫌よさそうに断ち切りばさみを鞄にしまった田丸さんだって見たんだ。

……けど今は、昨日ぼくが最後に見た状態と同じだった。

切られた事実だけが綺麗に無くなってしまっていた。

唸りながら、先生は土に指を突っ込んだ。

「うん……ずいぶんと湿っている。切られていたってのは、見間違えかもしれないけど、枯らそうとして水を過剰に与えていたってのは本当みたいだ」

プランターの底から流れ出た黒い水の痕を見て、先生は小さくため息をついた。

「いい機会だし、万年青は自宅に持ち帰るよ」

これ以上夫婦水入らずのデートを邪魔するわけにはいかないから、ぼくは、送っていくと言ってくれた先生の申し出を固辞した。そう遠くないし、自転車はあとで取りに戻ろう。

「万年青は、処分したことにしよう。花壇はちゃんと世話しているみたいだから」

「それがいいわ。私がプレゼントしたものが気に食わないだけでしょうし」

プランターを抱えた先生は、万年青を後部座席に乗せ、奥さんとともに帰っていった。

きっと田丸さんは、あの万年青を奥さんに見立てていたんじゃないだろうか。溺れるくらい水をあげて、枯れる気配を見せないから、痺れを切らして葉を切り刻んだ。

花壇の隣に運んでいれば『世話』をしていてもバレにくい。職員室に置いてあったんじゃ、あんなことはできないだろうから。けど、なんでだろう。見間違えたはずはないのに。

疑問を抱えたまま日曜を過ごし、月曜の朝。

ぼくが登校すると、花壇には日高先生と田丸さんの姿があった。

あいさつをすると、

「新城君、おはよう」

名前付きで返ってきたけど、田丸さんは一瞥くれるだけだった。

昇降口へと歩いていると、二人の会話が聞こえる。

「これ、ありがとう」

「ちゃんと、毎日お世話してね？」

振り返れば、彼女が買っていた万年青とは違う観葉植物が、花壇の隣に置いてあった。

これが、彼女のシナリオなんだろう。

何者かにイタズラをされて処分せざるを得なくなった万年青。

その代わりに、自分がプレゼントした観葉植物を先生に世話してもらう――。

万年青を奥さんに見立てていたのなら、ギフト用に可愛く仕立ててあるあの観葉植物は、きっと――自分の分身。

万年青にしたことは決して褒められたことではないけれど、どうしてだろう、ぼくは彼女に同情してしまう。

大人と子供。既婚と独身。先生と生徒。

こんなふうにくることのできる二人。

もしかすると、田丸さんはわかっているのかもしれない。

不毛な恋、叶わない恋、未来のない恋なのだと――。

叶わないのなら――私を愛してくれないのなら――せめて分身だけでも。

そんな声が聞こえてきそうだった。

処分されたと思っている万年青は健在で、今は先生の自宅にある。

先生は学校では、万年青の代わりに『田丸さん』の世話をするだろう。

それが、田丸さんのかすかな慰めになるのなら、彼女の中の事実はそれでいいと思った。

ぼくは、疑問を解消するため、別棟三階のあのトイレへむかう。

ハチさんに例の観葉植物復活事件のことを訊いても、「なんでやろぉなぁ……」と首をかしげるばかり。ジイちゃんには、陰陽師のことに興味があると思われたくないから相談してない。

階段をあがり、静かな廊下を進む。

扉のないトイレの奥からは、さわやかな朝日が窓から入り込んでいた。

個室の一番奥。ぼくは少し緊張しながらノックした。

「あの、おはようございます。新城です。あやかしの件で、訊きたいことがあるんです」

ぼくがそわそわしていると、勢いよく扉が開く。

ごん、と鼻をぶつけた。

「いって」

「君の前世は犬なのか？」

涙目になりながらトイレを見ると、この前ぼくを助けてくれた花子さんがいた。

今日も赤い服。目つきは狐みたいにキツい美人なあやかし。自慢の美脚をすっと組む。

「いや、ぼくは猫派で」

「そんなことは訊いてない。もう来るなと言っただろう？　それをなんだい、私を視るなり嬉しそうに尻尾を振って」

「ぼく、尻尾生えてないんですけど」

「物の例えだ」

朝からぷりぷりしている花子さん。

もう来ないで欲しいと思っているんなら、居留守を使えばいいのに。

不思議な人だ。ぼくからすればありがたいのだけれど。

「こんなところに、こんな時間にやってきて。君は遅刻したいらしいな?」

「いえ、そういうつもりじゃあ。あやかしのことで、ちょっとだけ訊かせて欲しいんです」

「わかった、答えてあげよう。手短に頼むよ?」

はい、とぼくは、万年青から感じたあやかしのことや、不思議な出来事について話した。

奥さんからのプレゼントである万年青と先生と彼に恋をする女子生徒。

そして、彼女の行動。

「ふむ。枯れもしなければ、パセリのように切り刻まれても元通り……」

「そんなに刻まれてない——あ、物の例えですか」

「そう、物の例え」

満足そうにうなずいた花子さんは、こう言った。

「それは、『醜女《しこめ》』で決まりだろう。その万年青とかいう植物に憑《つ》いていたのは」

「シコメ?」

「感情のあやかし化と言えばわかるかな。これの大半は女が原因となっているものなんだ」

はぁ、と気の抜けた返事をすると教えてくれた。

「『醜女』は、日野富子《ひのとみこ》を起源としたあやかしだよ」

「どこの日野さんですか……？」

「銀閣寺を建てた足利義政《あしかがよしまさ》の奥さんだよ。授かった赤子を亡くしてしまった彼女は、それを乳母が呪いをかけたせいだとして、乳母と側室全員を追い出してしまうんだ」

「呪いって……そんな乱暴な」

「そういうものが本当にあると思われていた時代だからね。それに、実際の話と書物では食い違いも多少ある」

そう言って、花子さんはさらに説明してくれた。

「『醜女』というのは、基本的に女が発する負の感情で形成される。今回は、その万年青という植物が依《よ》り代《しろ》となった。状況から鑑みるに、その負の感情というのは十中八九、独占欲で相違ないだろう」

「それじゃあ、田丸さんの独占欲があやかしになった、と……」

「小娘ではない」

「え。じゃあ、奥さんの感情が『醜女』になって万年青に憑いていたってことですか？」

「そう。その小娘は可哀想だね、叶わない恋をしてしまうなんて。恋をすればすべて叶った私には、さっぱりその気持ちはわからないけれど」

この人、何様なんだろう。

「それはそうと、なんで独占欲だってわかるんです？」

「職員室に置くように言ったんだろう。どうしてだと思う？」

「家じゃ場所に困るから？」

「ぶー。場所に困るような物をどうしてわざわざプレゼントするんだい？　決まっている、職場に置かせるためだ。表向きは隠しているけれど、本心は関係を隠すつもりなんて毛頭なく、むしろそうやって公言しているんだよ。この人は私の物だと」

ほうほう、とぼくは花子さんの解釈に聞き入った。

「女の独占欲っていうのは、嫉妬《しっと》と同じくらい強い感情でね。関係を明かしている教師も数人いたんだろう？　当てよう。全員女性じゃないかい？」

当たっている。

奥さんが関係を明かした数人は、ぼくも知っている先生たちで全員女性だった。

ぼくが気にしていた、誰かに危害を加えないか、という点に関しては『醜女』なら大丈夫だそうだ。

「ああ、ところで、世話をしたのは田丸少女だけかい？　君は？」

「いえ。ぼくは何も。たぶん、田丸さんだけじゃないかと」

「そうか。その少女のやったことは、すべて拒絶しただろう？」

枯らそうとしても、枯れない。

切り刻んでも、元に戻る。

けど、ボールがぶつかって折れた葉はそのままだった。

「君が同じことをすると、その通りになっただろうね。切れば切れたまま。枯らそうとすれば、枯れる」

「どうしてぼくだと違うんですか？」

「『醜女』は独占状態を侵すもの――いわゆる敵には、強い拒絶反応を示すんだよ。……独占状態を侵すもの、奥さんにとっての敵、わかるかい？」

「あ。同性？」

「なんだ、察しがいいじゃないか。つまらないな」

ぼくを何だと思ってるんだ。

田丸さんが先生に好意を持っているってことは、当時から奥さんは知っていた。奥さんの独占欲そのものである『醜女』は、田丸さんの思い通りにさせないため、万年青に対するイタズラをすべて跳ね返した、ってことか。

万年青を奥さんに見立てていた田丸さんは、あながち的外れってわけでもないのか。

田丸さんには、早く次の恋をして欲しいな、とぼくは思った。

だって、報われないなんて、悲しいじゃないか。

「いいかい、これは覚えておくといい。悲恋ってやつが、女は大好きなんだよ。観るにせよ、体験するにせよ、ね」

「はい？」

「考えていることを当ててあげよう。『田丸さん、可哀想』だろう？」

「ええ、まあ、少しくらいは同情しますよ。全部知ってから考えると、健気に見えなくもないですし」

くく、と花子さんは皮肉そうに笑う。

「君は、もっと女を知ったほうがいい。そんなにアレらは純粋な生き物ではないから」

「ていうと？」

「悲恋ってのは、存外気持ちいいからね、もうこれ以上自分は傷つかないから。最初は、本気の恋だったんだろう。けれど、結婚して子供もできて、相手へのハードルはどんどん高くなる。やがて叶わないと気づく。けど二人の関係は、先生と生徒。先生が生徒に親切にするのは当然。大好きな人が無条件で親切にしてくれる、これ以上嬉しいことはないだろう？　……他人の同情なんてもったいない。してあげる必要なんてないよ」

悲劇のヒロインは、可哀想な自分が大好きなのだから。

花子さんは最後にそう付け加えた。

ホームルームの時間が近づき、ぼくはお礼を言ってトイレを後にする。

「もう二度と来るんじゃないよ」

そんな声を聞きながら。

2話　カシワの木の下で

高校生活にも慣れはじめ、ＧＷという大型連休が明けた月曜日。

九条通《くじょうどおり》をいつも通っていたけれど、そろそろ独自の近道を見つけようと、ぼくは少しだけ早めに家を出て自転車を漕ぎ出した。

名前のない細い小道を学校のある方角へと走る。

初夏の陽気を思わせる日差しと頬を撫でる少し冷たい風が心地いい。

五重塔を右手に見ながら進んでいくと学校の裏側へやってくる。

いつもの道で来るより早く到着したので、この道は、遅刻しそうなときの緊急ルートとして活用することにした。

時刻はまだ七時四五分。教室には誰もいないだろうし、無駄な話ばかりしてくる隣人――池野屋くんは、今日も遅刻ギリギリに来るのだろう。

自転車を停めて、ぼくは学校敷地内を散策することにした。

ＰＭＰ（パンツめっちゃ見えるポイント）を探すことに躍起になっている池野屋くんは、入学ひと月だっていうのに学校の敷地内や設備に関して、数年この学校に勤めている先生よりも詳しくなっている。

池野屋くんのリサーチに手を貸すつもりはないけれど、敷地内に何があるのかちょっと興味が湧いた。

ひとまず校舎周辺をうろうろして、滅多に来ない裏門のほうへむかう。

人けのないそこには、朝日を受ける大きなカシワの木があった。

門のむこう側は、さっきぼくが通ってきた道がある。もう一度木に目を戻すと、女の人の姿があった。

二〇代半ばくらいの年で、肩まであるウェーブのかかった黒髪が印象的だった。

ぼくの知らない先生だろうか。「おはようございます」と、あいさつをしかけて言葉を口の中に押し込めた。

花子さんのときは、土流に追われてテンパっていたから、見かけた瞬間人間だと思ってしまったけど、普通に接していれば、花子さんがあやかしだというのがわかる。

そして、この女性もあやかしの気配がしていた。

土流のときのように、追いかけまわされるのは嫌だから、ぼくは何も言わないでおいた。

目を合わせないようにして校舎に入る。

朝のホームルームが終わり、一限目の準備をしていると、ゴソゴソと隣人池野屋くんが机を寄せてきた。

「ジョーくん、オレ教科書忘れたっぽい」

新城だからジョーくん。そう呼ぶのが、最近のトレンドとなっているらしい。

「置いてないの？　教科書」

「オレ真面目だから」

くっつけられた机の真ん中にぼくは古典の教科書を置く。

「のーやんが本当に真面目なら、ちゃんと持ってきてると思うよ」

ぼくがはじめて「池野屋くん」と声に出して呼んだ日、「のーやんと呼べ」と、池野屋くんは言った。だから仕方なくそう呼んでいる。

「オレが真面目ならジョーくんはクソ真面目だな」

「のーやんを『真面目』にカテゴライズすると基準おかしくなるから」

そんなバカな、と陽気に笑ってべしべし遠慮なくぼくの肩を叩く池野屋くん。

古典担当のおじいちゃん先生がやってきて、クラス委員の「礼」のあいさつにぼくらも続く。

まだ折り目のついてない新しい教科書を開いて、しわがれた声の解説を聞いて、カツカツと板書された微妙に読めない文字を解読し、ぼくはノートをとっていく。

池野屋くん静かだな、と思ったら寝ていた。真面目の定義について、少し話し合う必要がありそうだ。

「いいかな？」

おじいちゃん先生——確か、田辺って名前だったはず——は一区切りしたとき、この口癖を言う。

真っ白な短髪と、顎回りにはコケのような白くて短い髭があった。

老眼鏡を上にズラして、教科書を読んでいく。

「百人一首は、恋を詠んだ歌も多く——。えー。昔の人も今の人も、恋していると き、考えることは一緒なんだなぁ、と。まあ興味あったら、百人一首の歌とその現代訳をプリントしてるんで、読んでみてください。……お、ちょうど」

チャイムが聞こえ、パタンと教科書を閉じた田辺先生。

クラス委員に続いて「ありがとうございました」と言うと、「はい、おつかれさん」と簡単に言って先生は教室を後にした。

「これ、いいなぁ……」

池野屋くんがいつの間にか起きていて、もらった百人一首のプリントをじっと見ていた。

「なんか……キュンキュンする」

「男子が何言ってんだよ」

「切なくて、なんかこう、クルものがあるんだよ。ちゃんと読んだ、これ？　……何が言いたいかと言うと、彼女欲しいってことだよ」

「知らないよ」

「平安？　の貴族に彼女が出来て何でオレに出来ないんだよ」

何で貴族と自分が同列なんだよ。

とは思っても口にせず、ぼくは次の授業の準備をしていく。

「裏門のところに、カシワの木があるの知ってる？」

ズルズル、と机を引きずりながら池野屋くんは元に戻す。

「うん、知ってるけど？　あの結構でかいやつだろ？」

「そうそう。あそこで昔事故ってあった？」

オレにわかるかよ、ともっともな答えが返ってきた。

あの女性はもしかすると幽霊の類いかもしれない、というのが授業中ぼんやりと考えたぼくの結論だ。

もし悪さをするようなモノなら、祓《はら》う必要がある。そうなれば、ぼくではなくジイちゃんの出番になるのだけど。

あやかしと違って、霊は寂しがり屋で、種類によっては無差別にあちら側へ連れていこうとする。一応、悪い類いのモノかどうか調べておいたほうがいいだろう。

見て見ぬフリはどうしてもできないから。

昔のことを知ってそうな人……。

ぼくはさっき教室を出ていった田辺先生を追いかけた。

幸い、のんびり廊下を歩いているおかげで、その背中はすぐ見つけることができた。

「先生」

声に振り返ると、先生は困ったように笑う。

「おお。ええっと、誰だったかな」

「新城です。さっき、古典の授業を受けてたクラスの。先生、裏門のカシワの木あるじゃないですか、あそこらへんで過去に事故が起きたことってありますか？」

「事故？　いやぁ、なかったと思うけどなぁ。四〇年ちょっと伏羽で先生してるけど、聞いたことないねぇ」

じゃああの幽霊は、生前不慮の事故に遭ったってわけじゃないのか。それとも、先生が知らないもっと昔の……？

ぼくがお礼を言って去ろうとすると、先生は「懐かしいなぁ……」とぼそっとつぶやいた。

「懐かしいって何がです？」

「今は裏門ほとんど閉じてるけど、昔はあそこも開いてたんだ。先生が生徒だったころ……もう五〇年も前、あの木が恋人同士の待ち合わせ場所によく使われてたんだよ」

懐かしいなぁ、ともう一度聞かせるでもなくつぶやいて、先生は去っていった。

けどあの幽霊は、生徒というふうではなかった。

じゃあなんだろう、カシワの木にゆかりのある人物……？

放っておけばいいのかもしれないけど、もし誰かに危害を加えるつもりでいるのなら、目的が何なのか知っておいたほうがいいだろう。

カシワの木など関係なく、たまたまあそこにいただけかもしれない。

確かめようとスニーカーに履き替え裏門のところへ行くと、やはり木の下には、あの幽霊がいた。

ぼんやりとどこかを見ているようで、どこも見ていないような眼差し。

横目にすっと通り過ぎたけど、何の反応も示さなかった。

「あ。さっきの。ええとぉ」

しわがれた声がしてそちらを見ると、田辺先生がこっちに来ていた。

「新城です」

「そうそう、新城くんだったなぁ。すまないね、いっぺんに覚えられなくて」

先生がくしゃっと笑う。その気持ち、ぼくもよくわかるので深くうなずいた。

さっきぼくがカシワの木の話をしたから、久しぶりに足を運んでみたくなったそうだ。

感慨深そうに先生は目を細め、木を見あげる。

目の前には例の幽霊――カシワさんとしておこう――カシワさんがじっと先生を見つめているから、妙にハラハラしてしまう。

ん？　見ている？　ぼくには何の反応も示さなかったのに？

焦点の合っていなさそうだった瞳は、確かな意思があるかのように、はっきりと先生を捉えている。

「昔を、思い出すなぁ。変わってないなぁ」

気が気でないぼくは、そうですか、なんて適当に相槌を打ちながらカシワさんを監視する。

良からぬことをしやしないかと、心配でならない。

目をつむって一度深呼吸した先生は、くるっと木に背をむけ歩き出した。

やはりカシワさんの視線は完全に先生を追っていて、ずっと背中を見つめている。

あやかしや幽霊に感情があるのかはわからないけど、その横顔は、どこか悲しそうだった。

「今は……テニスが熱い。激熱」

放課後、池野屋くんはそんなふうにぼくを熱烈にテニス部へ誘う。

「何がそんなに熱いの？」

どうせ、しょうもない理由だろう。

「ちょっと日焼けして引き締まった女子のふくらはぎがたまらん」

本当にしょうもない理由だった。

呆れながらぼくは、彼の誘いを丁重に断って帰路を自転車で走る。

途中のコンビニに寄って週刊少年マンガ雑誌を買い、さあ自転車をもうひと漕ぎしようかというとき、カシワさんのあの横顔が脳裏をよぎる。

今、どうしているんだろう。虚ろな顔で、ぼんやりとどこかを見ているんだろうか。

ぼくはUターンし、旧校舎特別教室棟——通称・別棟の三階トイレへ急ぐ。

最奥の扉をノックした。

「新城です」

物音がして扉が開く。今回は鼻をぶつけることなく、きちんと距離を取っている。

「二度と来るなと言っただろう。どうして来るんだ、君は」

　小さくため息をついて、首を振る花子さん。

　仕草がいちいち様になっていて、ぼくはいつものように見とれてしまう。

　だったら開けなければいいのに、と思うけれど、そうされるとぼくが困ってしまう。

「ちょっとだけ、教えて欲しいことがあって……」

「君、何でも私が答えると思ったら大間違いだよ」

「カシワの木が校舎の裏にありまして、そこでじっとしているあやかしのことが訊きたいんですけど」

「意外と君は強引だな」

　呆れたように言う花子さんには構わず、ぼくは見聞きしたことをそのまま伝えた。

　はぁぁ？　て顔をされる。

「えと、どうかしました？」

「どうしたもこうしたもない。たったそれだけの情報で、ソレが何なのか私に当てろというのかい、君は。強引で乱暴だよ、そんなの。だいたい、私は君の母親じゃないんだ。答える義務もない」

　確かにそうだ。

家に帰って、ハチさんに訊いてみようか。けど、ハチさんあまり詳しくないし、ジイちゃんは以下略。

「そうショボくれるな。現状では判じかねるというだけで、判断材料がもう少しあればソレが何なのかすぐにわかる」

「けど、答える義務はないんでしょう？」

「う……。あ、揚げ足を取るな。今回だけだ。今回だけ答えてあげよう。その代わり、君が袋に入れているそれを貸して欲しい」

それ？　マンガ雑誌のこと？

「あの、ぼくまだ読んでなくて」

「うるさい。いいかい、主導権を握っているのは私だ。カシワの木のところにいるあやかしについて、教えて欲しいのだろう？　貸してくれなければ答えない」

「わかりました。貸しましょう」

うむうむ、と満足気にうなずく花子さん。

あ。これは先に言っておかないと。

ぼくはビシッと花子さんを指差した。

「ぼく、読んでないんですから。折ったり破ったりしないでくださいね。毎週、すっごく楽しみにしてるんですから」

半目でじいっと見据えると、余裕たっぷりだった花子さんの態度が急にしおらしくなる。

「君は、変な迫力があるから困る……わ、わかった、大事にする」

「はい。お願いします」

花子さん、マンガ好きなんだ。なんだか意外。

けど、内容は少年マンガだけどいいんだろうか。

ずっとトイレに引きこもってばかりじゃ、退屈にもなるのだろう。

ぼくが行けば必ずトイレにいるから、ずっとここにいるものだと思い込んでいたけど、別の場所に行ったりすることもあるんだろうか。

疑問を解くことはせず、ぼくは袋ごと渡して、情報を集めるべく校舎裏へとむかう。

陽が暮れはじめ、光が橙色に色づきはじめている。

時刻は、もう夕方五時を回っていた。

昼でもない夜でもないこの黄昏の時間帯は、逢魔時《おうまがとき》とも大禍時《おうまがとき》とも昔から言われている。

文字通り、『魔に逢う時』『大きな禍《わざわい》の時』として、陰陽師の世界では一番警戒しなくてはならない時間帯だとされていた。

害をなすあやかしではなさそうだから大丈夫だろうとは思うけど、他のあやかしと出逢わないとも限らない。

それとなく周囲を警戒しながらカシワの木へ歩いていると、長く伸びた影法師があった。

田辺先生が、じっとカシワの木を見ている。

「先生、またここですか」

「ああ、ええと、新城くん」

はい、とぼくは笑顔でうなずく。

チラりと見ると昼間のときのように、カシワさんは真っ直ぐ先生を見つめている。

去り際のときのような、悲しそうな顔はしていない。

じいっと先生はカシワの木の幹を不思議そうに眺めながら、こんなことを言った。

「新城くんは、お化けとか幽霊を信じるかい？」

「え？　……どちらかと言えば、信じています」

一般的と思われる回答をしておいた。

今日の前にソレらしきものがいます、なんて言えば、先生は腰を抜かしてしまうに違いない。

「授業が終わって訊きに来ただろう、新城くん。事故がなかったか、と。もしかして、君は霊感があったりするのかな？」

「ええっと、どうしてそう思うんですか？」

「今……一瞬、視えたんだよ。女の人……黒い髪の、パーマがかかっているような、くせっ毛のような。そんなバカなと思うだろう？　先生も思ったよ。でも、はっきりと視えたんだ」

先生とカシワさんの目線は、今はしっかりお互いを捉えているように、ぼくには視える。先生があげた特徴は、眼前のカシワさんのそれと一緒だった。

けど、もう先生にカシワさんは視えないようだ。

これも、逢魔時のせいなのかもしれない。

「ぼくは霊感なんてないですよ。ただ少し陰気な場所だったので、そういうことがありそうだなって思っただけです」

そう言って、あの質問に大した根拠はないと嘘をついた。

「けど、先生。本当に視たのが幽霊だったら、怖くないですか？」

どこか先生はぼんやりとしていて、カシワさんを視てしまったというのにずいぶんと落ち着いている。

怖がったり、悲鳴をあげたり、逃げたり、そんな素振りは一切見せない。

少しだけ伸びた白い顎髭をショリショリと触る。

「あの人……誰だったかな、名前……」

先生は固く目をつむってつぶやいた。

えっ、と声を思わずあげたぼくは、先生とカシワさんに目線を往復させる。

「その幽霊、知っている人なんですか？」

「顔に見覚えがあったんだ。視えたのは一瞬だけど、それは確かだ。受け持ったクラスの生徒だったような……？　あれ、違うかな」

カシワさんの瞳が熱を持ったように、先生を凝視していた。

先生の言っていることは当たっているのか？

カシワの木というより、先生にゆかりのあるあやかし——？

「どうしても、名前が思い出せないんだ」

先生ゆかりのあやかしだとしても、危害を加えないというわけじゃない。目的がわからない限り、まだ安心はできない。

もし先生に何かあれば、きっとぼくは後悔すると思う。

だから、カシワさんのことを調べておくに越したことはないだろう。

先生とカシワさんとの関係がわかれば、彼女がここにいる理由や目的がわかるかもしれない。

「先生の元生徒だったら、やっぱり伏羽の生徒なんですよね？」

「元生徒なら、きっとそうだろう。いや、けど、先生が生徒だったころの人かもしれないな……」

要は見覚えがあるだけで、その他は何もわからないという状況らしい。

「調べませんか？　その幽霊が誰なのか」

そうだなぁ、とのんびり言って、先生は顎を触った。

「家に担任だったクラスの卒業アルバムがあるから、帰ってから確認してみるよ」

「ぼくも何かお手伝いさせてください」

きょとん、とすると先生は笑った。

「先生に見覚えがあるだけだから、手伝うと言ってもなぁ。無理だと思うよ？」

あ。そっか。

ぼくはカシワさんが視えないってことになっているんだった。

気をつけて帰るんだよ、と先生は言い残して職員室のほうへ歩いていく。

カシワさんは、やっぱりその背中を見守っていた。

相変わらず目の前にいるぼくには、何の反応も示さない。

「ここで何をしているの？」

意を決して話しかけても、全部無視。こっちを見むきもしなかった。

「読書女子って、なんかいいよな？　物静かでお淑やかそうで」

翌日の昼休み。

弁当を食べ終えて図書室に行こうとすると、昼食から一緒だった池野屋くんもついてきた。

しー、とぼくは人差し指を立てる。

これでもう六回目だ。

教室二つ分ほどの図書室には、池野屋くんが言ったように比較的物静かそうな生徒が多い。

「のーやんは、女子なら誰でもいいんじゃないか」

「オレ、来る者拒まずだからなぁ」

誰も来ていないけどね。

「しっかし、こんなモン読んで面白いの？」

ぼくが今読んでいるのは、過去の卒業者名簿。貸出や持ち出しは出来ないけど、図書室の中でなら閲覧してもいい、と司書の先生に言われた。

「ちょっとね」

そう濁して、ぼくは四〇年前の卒業者名簿をまた一ページめくる。

古いカラーの顔写真や集合写真が載っていた。

名前を見てもさっぱりわからないので、写真だけを見ていく。

四〇年前の写真に、若かりし田辺先生がときどき現れるから驚きだ。

田辺先生が教師としてこの学校に勤めるようになったのが、四〇年前。

何度か違う高校へ異動したものの、教師生活の大半をこの伏羽高校で過ごしているそうだ。

違う学校の生徒なら、わざわざこの学校に現れたりしないだろう。

だとすれば、先生の他に、あの木とも何か関係がある人なのかもしれない。

どんどんバックナンバーを若いほうへ遡《さかのぼ》るけど、カシワさんらしき女性は見当たらない。

ぼくの調査は呆気なく空振りに終わった。


放課後、ぼくがカシワさんのところへ行くと、田辺先生もすぐに来た。

「新城くん、ボケたかと思われるかもしれないけど、今日もチラッと彼女が視えたんだ」

そんなこと思わないですよ、とぼくは先生の言《げん》を笑って否定する。

カシワさん、君は、どうしてここにいるの？

心の中で問いかけてもじっと先生に視線を注ぐばかりで、相変わらずカシワさんのぼくへの態度はつれない。

「先生。卒業アルバムの中に、例の彼女はいましたか？」

「いいや。いないいんだよ。やっぱり、私の勘違いだったんだろうか、見覚えがあるなんて。幽霊が知り合いと似ていただなんて、縁起でもない……」

「そんなことないです」

こんなに先生のことをじっと見つめているんだ。他の何にも反応を示さない彼女が。

きっと、そんなことはない。そのはずなんだ。

「勘違いなんかじゃ、ないとぼくは思います」

「そうかな」

力無く先生は笑い、億劫《おっくう》そうに眼鏡のツルを押しあげた。

カシワさんが何か一言しゃべってくれれば、ぼくがそれを間接的に先生に伝えてあげられるのに。目的すらぼくにはわからない。

何をするわけでもなく、ずっとここでたたずんでいる。

ぼくはもう一度先生にこれまでのことを尋ねた。

昨日訊いた通りの先生の略歴。

この伏羽高校の生徒だったこと。大学生の頃、教育実習でここにやってきたこと。次の年、教師生活をここでスタートさせたこと。他校へ異動し、また戻ってきたこと。

「先生が高校生だった頃に、知り合った方というわけじゃないんですよね？」

「たぶんね。ＧＷに高校の同窓会があって当時の思い出話をしたけれど、高校の頃の私に、女生徒との浮ついた話なんてなかったから。ああ、教師になってからも、相手が女生徒だなんてもちろんないよ？」

陽が暮れるから、とぼくと先生は校舎裏を立ち去る。

カシワさんを振り返ると、悲しげな顔で先生の背中を見つめていた。


それから数日、放課後はカシワさんのところへ行くのが、ぼくと田辺先生の日課のようになってしまっていた。

部活はしないのか、勉強はついて行けるか、と担任でもないのに、先生はぼくの心配をしてくれた。温かなとても良い先生だ。

進展のないまま数日過ぎ、週が明けた月曜日。

先週号をまだ読んでないまま、ぼくはコンビニでマンガ雑誌を買う。

一度、花子さんのところへ行かないと。

「待っていたよ」

例のトイレへ行って奥の個室を開けると、珍しくそんなことを花子さんは言った。

いつもはどうして来た、二度と来るなと言っただろう、と機嫌悪そうに言うのに。

やたらと機嫌がいい。

「今週も買ってきたんだろう？」

ほれ、早く出せ、と花子さんはマンガを催促する。

ぼくはマンガの入った袋を後ろへ隠した。

「まず、先週号をぼくに返してください」

「うむ。応じよう」

ぼくが買ってきてあげているのに。

なんか理不尽。

よれた先週号を花子さんはぞんざいに突き出してきた。

ガックリとぼくは肩を落とす。……もう、だから読む前に新品貸すのは嫌だったんだ。

「それで？　カシワの木のあやかしの件、どうなった？」

「どうもこうもないですよ、進展は何もないです」

そうか、と適当に返事を寄越す花子さんは、すでに巻頭のカラーページをぺらぺらとめくっていた。

ぼくは先週号を鞄に突っ込み、

「進展あったら色々と教えてもらいますからね？」

「来るのは来週で構わないよ？」

最新号をまた買って持ってこいってことらしい。

「ぼくが自力で解けたら、ここへは来ません。未読号を一冊余分に買えばいいだけですから」

「二〇〇円と少しを余分に買うと？　君はずいぶんお金に余裕があるようだ」

く……。ああ言えばこう言う。

「まあいいさ。君が自力で解けることを祈っているよ。私の手間が省けていいからね」

組んだ足の上に置いたマンガを熱心に読んでいる花子さんは扉を閉めた。

こうなったら、解いた上で花子さんに解説してやる。

一から十まで、手とり足とり。

君もやれば出来るじゃないか、って言わせたい。

……どうしよう、もし言われたらちょっと嬉しいかもしれない。

一瞬だけニヤけてしまった顔を元に戻して、ぼくは教室へむかった。


「家内に訊いてみたんだ。藁《わら》にもすがる思いと言うべきなんだろうけど、すがられた藁はそりゃ大層嫌そうな顔をしてね」

昨晩のことを田辺先生は語る。

放課後、校舎裏にあるコンクリートの階段に、ぼくらは並んで腰をおろしていた。ここからはカシワの木がよく見えて、今日もカシワさんは先生に視線を送っている。

「もちろん、家内は何も知らなかったよ。おかげで、昨日は夕飯を作ってもらえなくてね」

そう言って先生は小さく笑った。

「けど、気づいたんだ。家内とは見合い結婚だったけれど、学生の頃、一度だけお付き合いするかどうか、という人がいた。それが、彼女……カシワの木の幽霊だったんじゃないか、と」

高校のときは浮ついた話はなかったと先生は言っていた。

だから学生というのは、大学生のことだろう。

けど、大学時代の知り合いが、どうしてこの学校に――？

「四つ年が上で、すごくしっかりしていて、特別美人というわけじゃなかったけど、あの頃の私は彼女に逢うのが、毎日楽しみだったんだ。教科も同じだったし話す機会も多かった」

毎日……？　大学生が？

ああ、そうか。

教師になる前は、教育実習を受ける。

カシワさんを見やると、年の頃は確かに二〇代半ばくらいのように見える。

知り合ったのはそのときか。田辺先生が田辺青年だったころの話なんだ。

道理で、卒業者名簿を洗ってもカシワさんがいないわけだ。

「懐かしいなぁ……どうして、忘れてしまったんだろう」

皺を深く刻みながら先生は苦笑する。

教育実習は失敗ばかりで、指導してくださった先生にも生徒にも迷惑をかけたと田辺先生は振り返った。教科が同じで年が近かったこともあってか、カシワさんと田辺青年が打ち解けるには時間はかからなかったようだ。

「お付き合いをするというのは、とても勇気の要ることだった。軟派な友人からは真面目過ぎるんだよ、とからかわれたものだよ。私にとってははじめてのことで、お付き合いをするのならば、結婚まで考えていなくてはならないと、当時は、そう思っていた」

奥手で浮ついた話のなかった田辺青年は、しかし勇気を振り絞って想いを打ち明けた。

あの、カシワの木の下で。

「彼女は申し出を了承してくれた。けれど代わりに条件を出した。来年、きちんと教師としてここへ戻って来ること。でないと、親にも紹介出来ないから、と。彼女も私と同じで、真面目な人だったんだ」

そうして、ぼくが聞いていた通り、田辺青年は実習を終えこの学校へ教師として戻ってきた。

……けど、カシワさんはいないんじゃないのか。

卒業生名簿には担任教師や教科担当の教師の写真も載っていた。

田辺青年が教師となった年以降のものに、カシワさんの姿はない。

「私が約束通り戻ってくると、彼女は体を悪くし退職していたよ。故郷に戻ったそうだ」

「そうだったんですか」

恋の「こ」の字もわからないぼくには、口だけの慰めを言うことしか出来なかった。

「右も左もわからない新人の私は、教師という仕事に忙殺《ぼうさつ》されていき、時間がウソのように流れていくうち、だんだんと、彼女のことは青春の淡い思い出となっていった」

カシワさんは、肯定も否定もせず柳のようにたたずんでいる。

「その人の、名前は何て言うんですか？」

ずっと彼女やあの人としか先生は言わなかった。

「そうだ、名前……なんだったかな……。確か、久賀寿子《くがひさこ》さん――」

無表情だったカシワさんの顔がほころぶ。

やっと思い出してくれた、と言いたげに。

気配を感じたのか、たまたま思い出に浸っていたせいか、先生は、カシワの木に目をやっている。

笑みを浮かべているカシワさんが視えているのかもしれない。

時刻は黄昏。

逢魔時《おうまがとき》。

引き寄せられるように先生は立ちあがって、歩き出した。

「久賀先生」

小さく顎を引いたカシワさん。

薄い唇が開き、はっきりと声が聞こえた。

あらざらむ　この世のほかの　思ひ出に　今ひとたびの　逢ふこともがな

短歌か何かだろうか。さっぱり意味がわからず首をかしげていると、ぱっとカシワさんの姿が消え、バサバサと羽ばたくような音がした。

隣では先生が膝をついて、鼻をすすっていた。

「あぁ……そうか……それを、わざわざ伝えに……」

年取ると涙腺《るいせん》が弱くなってね、と先生は、しわしわのハンカチを出して目じりをぬぐう。

そうか、そうか、と先生はカシワの木の前で涙を流し、ひとしきり泣いたあと去っていった。

どういうことなんだろう。

あの短歌には、カシワさんの何かが込められていて、先生はきちんとそのメッセージを受け取り理解した。

それも、だいの大人が泣くようなメッセージ。

考えたけれど、全然わからない。

どうしてこうなったのか気になるので、ぼくはさっそく別棟の三階トイレへむかう。

最奥の個室をノックすると、扉が開いた。

「なんだい、こんな時間に」

トイレの主はマンガ雑誌を読みふけっていた。

「教えて欲しいんです。あのカシワの木のあやかしについて」

皮肉そうに花子さんは口元をゆるめる。

「自力で解くんじゃないのかい？　私の記憶が正しければ、解けたらもう来ない、と今日の早朝、大啖呵を切ったばかりだったはずだけれど」

う。なぜか根に持っているぞ。

「それは、その……やっぱり、わかりませんでした。だから、教えてください」

小さく頭をさげ、ちらっと花子さんを上目づかいにのぞく。

マンガを読むことより、ぼくを見るほうが何倍も楽しいとでも言いたげに、ご満悦の様子でうなずいていた。

「君は素直でいいね。良くも悪くも素直だ。つけいる悪党がいやしないかと、私は心配してしまうよ。それで、私もひとつ訊きたいのだけれど、いいかい？」

「え？　珍しいですね、いいですよ。ぼくに答えられることであれば」

花子さんは今週号のマンガ雑誌の表紙を指差す。

「『雷王ブレイグ』で、今回この彼が死ぬのだけれど、それはどうしてなんだい？」

「さらっとネタバレしてんじゃねぇ！　――え、なにこれ新手のテロ⁉　Q&A形式のネタバレテロ⁉　ぼくまだ読んでないんですよ！　先週号も読んでないから、今週何が起きてるのかすら予想つかないのに！　死んだ⁉　はぁあああああああ⁉」

「き、君が渡した先週号からでは、話がわからない……だ、だから、ちょっと訊いてみただけなのに……そ、そんなに怒ることないではないか！」

「第一回から読まないせいでしょ！　だから話の流れも設定もわからないんでしょ！」

これ以上ないぼくの剣幕《けんまく》に、花子さんが首を縮めた。

「うう……陰陽師を怒らすと怖いのは、いつの時代も変わらないようだね……」

「ネタバレするからでしょうが！　あとそれと、ぼくは陰陽師じゃないですから」

ヒートアップしたぼくは何度か深呼吸してクールダウンする。

ぼくと花子さんのルールができた瞬間だった。

その一。ネタバレ厳禁。内容を語りたいのであれば、知っているのかどうか、読んだかどうかをまず確認すべし。

　こほん、と仕切り直すように一度ぼくは咳払いをする。

「それで。本題です。以前一度相談しましたよね。カシワの木にいる幽霊……というかあやかし？　あれは、何だったんでしょう」

「木のそばにいる女の形をしたモノの話だったね。確か、君には反応しないのに老教師にだけ反応するあやかし。あれから進展があったということでいいのかな？」

　うなずいて、ぼくは順を追って話した。

「その後、夕方になると先生にも一瞬だけ彼女が視える、ということが何度も続いたんです」

　そして、先生は、カシワさんが誰だったのかを思い出す。

「その彼女は、昔、先生が学生だったころ、恋人になる約束をした女性だったようなんです。結局、結ばれない結果に終わってしまったようなんですけど」

　ふうん、と花子さんは小さくうなずく。

　手のひらをこっちに差しむけられ、「続けて」の優雅な仕草。

「先生が名前をはっきりと思い出すと、彼女は短歌のようなことを言って、消えてしまったんです」

　ぼくは、覚えている限りカシワさんが口にした短歌を復唱する。

「えと、確か、『あらざらむ　この世のほかの　思ひ出に　今ひとたびの　逢ふこともがな』」

間違えてはいないはずだ。

「ふうん。共通言語か……素敵じゃないか」

「どういうことですか？」

「まず、順を追って説明しよう。そのカシワの木にいた女の形をしたあやかし。これは、まず間違いなく【隠世鳥《かくりよちょう》】だろう」

「かくりよ、ちょう？」

「うん。気持ちを届ける伝書鳩と言えばわかるかな」

「それが、あの短歌だっていうんですか？」

ぼくにはさっぱりわからなかったけれど、先生にはきちんと理解したのだから、届いたということでいいのだろう。

花子さんはうなずいて、暗くなりはじめた窓の外に目をやる。

「【隠世鳥】は、差出人の姿に扮し、普通は伝わらないはずの想いを伝えるあやかしだ。君の話では、ずっと老教師は忘れていたんだろう？　その彼女のことを」

「そんな回りくどいことをしなくても、姿を見せて伝えればいいのに」

ふん、と花子さんは呆れたように鼻から息を吐いた。

「いいかい。『どこどこの誰誰です、あなたのことが好きです』なんて知らない人間にラブレターをいきなりもらったとしたら、君はどう思う？　もしくは直接言われたとしたら？」

「嬉しいですけど、まったく接点がわからないとなると、ちょっと怖いというか気味が悪いというか……」

「差出人がどこの誰で、自分とどういう接点があったのかを思い出してもらえない限り、伝わる想いも伝わらないんだよ。言っただろう、普通は伝わらない想いを伝える、と」

忘れているから伝わらない。

だから、まずは思い出してもらうのだ、と花子さんは言う。

「思い出せなかったら、それまでの話なんだよ」

「あ、それで【隠世鳥】は先生が完全に思い出したからしゃべった、と」

「いかにも。老教師は、古典の先生だったか。その彼女も同じ教科……。なるほど、良い共通言語だ」

「いい加減教えてくださいよ。どういう意味だったんですか？」

焦れてぼくが再度尋ねると、花子さんはもう一度短歌を口にする。

「『あらざらむ　この世のほかの　思ひ出に　今ひとたびの　逢ふこともがな』……」

ほんの少しの余韻に浸ると、教えてくれた。

「短歌ではなく、これに関して言えば和歌と呼ぶべきだろう。調べれば君にもきっと意味がわかると思うよ？」

残念ながらさっぱりわからない。

「泣くほど、素晴らしいものだったたってことでしょうか？」

「何度も言っているだろう、想いを届ける、と。彼女はなにも、出来の良い短歌を自慢したかったわけじゃないんだよ？」

くすくす、と花子さんに笑われる。

「わからないのなら、百人一首を調べることをオススメするよ」

百人一首……そういえば最近、その言葉をどこかで聞いたような気がする。

百人一首、ぼくにもわかる——。

「あ、プリント！」

思わず叫んで、ぼくは鞄の中を漁る。

クリアファイルに入れている古典の授業でもらったプリントを取り出す。

百人一首の和歌が載っており、一首ごとに現代語訳もそこにはあった。

花子さんにその歌をもう一度詠んでもらい、目を皿のようにして探す。

……あった。

あらざらむ　この世のほかの　思ひ出に
今ひとたびの　逢ふこともがな

「……その和歌は、五歌仙の一人、和泉式部《いずみしきぶ》が詠んだものでね。優れた女流歌人で、紫式部《むらさきしきぶ》の同僚でもあった。そんな彼女が詠んだ――恋の歌だ」

ぼくはもう一度、声に出して読んでみた。

「あらざらむ、この世のほかの思ひ出に、今ひとたびの、逢ふこともがな……」

自分の口で言ってみると、なんとも言えない音の連続に、不思議な気分になった。

「現代語訳はその紙に書いてある通りだ」

花子さんは目をつむって、気持ちを込めて読みあげた。

「……私の命はもう長くありません。だからあの世への思い出に、せめてもう一度だけ、あなたに逢いたいのです――」

「……だから、先生は泣いていたんですね」

「彼女は、ずっとずっと、ずーっと、約束を破ってしまったことを気に病んでいたんだと思うよ。一言謝りたかったのかもしれない。【隠世鳥】は、生者の最期の願いを届けることが多い。だから、田辺教師が現在も勤める学校の、思い出のカシワの木の下に【隠世鳥】は姿を現した」

推測でしかないけれどね、と花子さんは付け加えた。

かもしれないですね。

ぼくは相槌を打った。

翌日の古典の授業は、田辺先生が不在ということで自習となった。

無駄話の化身である池野屋くんは、自習用のプリントをせっせとこなすぼくに遠慮なく話しかけ、問題を解いた先からぼくの回答を写していく。

勉強とコレはまったく関係ないけれど、当分彼女なんて出来ないだろう、となんとなく思った。

窓の外に広がる青空を眺めながら、田辺先生の話を思い出す。

田辺青年と同じで奥手なぼくは、恋人がいた経験はないし、その感覚はよくわからないけれど、きっと、お互いを好きになるというのは、すごいことなのだ。

田辺先生、カシワさんには逢えましたか?

3話　あやかしと陰陽師

友達から借りてきたマンガをベッドに寝そべって読んでいると、

「坊《ぼん》。あんまりやかまし言いたないねんけどな、マンガばっかし読むんも、どうかと思うで？」

いつの間にか枕元でハチさんが、二本の尻尾をゆらゆらと振っている。マンガに集中していて気づかなかったらしい。

ぼくの視界にギリギリ入って、集中力を削ごうという魂胆のようだ。

さっぱり構わないもんだから、まずはマンガを読むのをやめさせる作戦に出たらしい。

ベッドから足を伸ばして襖にひっかけ隙間を作った。ベッドの下に置いてあるゴムボールを掴んで、隙間に投げる。

「構い方が雑や。この又八さんは、そんなんじゃ満足しいひんからな」

とか言いながら、ひょいっとベッドから軽やかにおりると、ハチさんはリズミカルな早足でボールを追いかけて部屋から出ていった。

す、と今度は襖を足で閉め、マンガに戻った。

一巻を読み終えて二巻を読もうとすると、一階から低い聞き覚えのある声がする。

母さんは専業主婦で、学校から帰ってきたときには買い物かどこかに出かけていた。父さんもまだ仕事だし、ハチさんの声でもない。

ジイちゃんだ。

カリカリ、と襖をひっかく音がする。

「坊、隆景が呼んではんで」

覚悟を決めるようにぼくは一度大きく息を吸って吐いた。

襖を開けると、ハチさんが足元で神妙な顔をして座っている。

「何、何の用だって？」

「本人に訊きよし」

それもそうか、とぼくは軋む階段をおりて長い廊下を歩き、ジイちゃんの部屋へむかう。

その部屋の方位は鬼門にある。

代々の新城家当主がその部屋を使うという。どうして鬼門なのかというと、当主が悪霊や物の怪、その他悪いあやかしから家を守るためだと聞いた。

とは言うものの、陰陽師の家を襲撃するような根性持ちはもういない、とハチさんにずいぶん前に教わった。

相変わらず、障子の木枠には埃ひとつなく、綺麗に貼られた障子紙にも穴ひとつない。

なんの用だろう。

食卓で顔を合わせても、日常会話がせいぜいで混み入った話はしないから、呼び出すとなると、ぼくにきちんと言っておく何かがジイちゃんにはあるんだろう。

中へ入るのをためらっていると、

「早う入り」

低いけれどよく響く声がして、ぼくはジイちゃんの部屋へ入った。

ふわりとい草の青いかおりがする。八畳間の和室は質素で、背の低い大きなテーブルがあり、座椅子の上に座布団を敷き、そこにジイちゃんは座っていた。

むかいの座布団の上でぼくは正座する。

「学校は、どないや」

「普通、かな」

そぉか、とジイちゃんはうなずく。

確か今年で六十七歳になるけど、ジイちゃんは、ぼくが子供のころからずっと変わらないような気がする。

真っ白な頭で、少し長い髪の毛を頭の後ろでくくっていて、夏でも冬でも変わらず着流しの和服を着ている。

ぱっと見、書道家のような雰囲気があった。

綺麗に整えられた白い顎ひげを触って、タンスの上に目をやった。

「ハチから聞いたで。『土流《つちながれ》』を退治しはったんやってな」

「あ。うん。四月のことだけど」

ジイちゃんの視線は、写真立ての中にいるぼくのおばあちゃんにむかっている。

父さんが小さい頃に、事故で亡くなったそうだ。

「孝春、なんでもかんでも関わりあったらあかんで。力ないんやし、おまえに何かあったら事やからなぁ」

ぼく個人を心配しているというよりは、新城家の次期当主だから心配しているのだというのは、今にはじまったことではない。

「新生活がはじまって、視ぃひんモンを視ることも増えたやろう。気ぃつけなあかんで」

うん、とぼくは返事をする。

普通は、祖父との会話ってどういうことをしゃべるんだろう。畳を見つめながらそんなことを考えた。

「なんや、あやかしモンに助けられたそうやな」

ハチさんめ、何でもかんでもジイちゃんにしゃべってるな。

「それは、その……たまたま。けど、悪いあやかしじゃないんだ」

「仲良うするのはやめよし」

ぼくの言いわけをピシャリとシャットアウト。

まっすぐ見据えられ、現役陰陽師の迫力にぼくは少し気圧された。

「新城は陰陽師の家や。きちんと線引きしなあかん。あやかしモンにとって、陰陽師ゆうんは畏怖《いふ》の対象であって気安いもんやない。昔っからずうっと、人間に手ぇ出したら陰陽師にエライことされるゆうんを、陰陽師たちがアレらに示してきたんや」

過去、京の町を影から守ってきた陰陽師があやかしに舐められれば、今まで陰陽師が築いてきた人間とあやかしのパワーバランスが崩れかねない――。

そんなことは知っている。

けど、すべてのあやかしをひとくくりにするのが正しいとは、ぼくは思わない。

「ぼくは、陰陽師じゃない」

「あやかしモンはそうは思わへん」

「それに！　お――陰陽師にもならない！」

い、言った。言っちゃった。勢いで。

今まで言い出せなかったこの言葉。

ばっと立ち上がって部屋から出ていく——そんなふうにイメージしていたけどだめだった。足が痺れて立てない。

「ようゆうたな」

口調の端々に静かな怒りを感じる。

「陰陽師にならへんねやったら、何になんねん」

「それは……」

わからない。ぼんやりと考えているけど、全然見つからない。

「サンガに入るゆうても、孝春サッカーできひんやろう」

それ誤情報。犯人は絶対にハチさんだ。

カリカリ、とひっかく音がして、障子の隙間からハチさんが入ってくる。

「ハチさん、ジイちゃんに余計なことしゃべったでしょ」

即クレームを入れた。

「なんや不穏な気配やと思って来てみれば、叱られてんのかい」

「ハチさんのせいでね」

「なんでやねん。まあええわ。隆景も、ワシからすれば坊とおんなじ。たかが数十年生きた程度のニンゲンや。——隆景、キツく叱ったらあかん。すぐカッとなるのは昔っからやぁ。言い過ぎると坊が泣いてまうで？」

「いや、泣かないから」

ぼくが言うと、ジイちゃんがハチさんを鋭く睨んだ。

「ハチは黙っとき」

「そういうことなら、まあ…………」

ほんとに黙った！　ハチさん、全然頼りにならない！

ジイちゃんにびびったのか、くるりと尻尾を巻いて丸くなってしまったハチさん。

ビイイイン、ビイイインと痺れる足で、ぼくはどうにか立ち上がった。

「ぼくは、力もショボいから陰陽師にはむいてないし、そもそも、やりたくないんだ」

こんな啖呵を切ったのははじめてで、ぼくはジイちゃんの顔を見ることもせず、足を引きずりながら部屋を後にした。

「あーあ、あーあ。せやからゆうたやろう。キツくゆったらあかんって。あれは、グレるで」

グレねぇよ。

障子越しに聞こえてきたハチさんの声に心の中でツッコんで、ぼくは自分の部屋へ戻った。

ベッドにダイブして、枕に顔を埋める。

新城家以外にも陰陽師をやっている家があるのだから、別にぼくにこだわる必要はないのだ。適正がないと判断すれば、他家から弟子を取ることだってできる。

せっかく借りたマンガを読んでも内容が頭に入ってこず、食卓でジイちゃんと顔を合わせるのが気まずいから、小銭が入った財布を握り締めてこっそり外食することにした。

ファストフード店でハンバーガーのセットを食べ、持ってきていた残りのマンガ数冊を読んで家に帰る。

「どこ行ってたん」

裏口からこっそり中に入ろうとしていると、後ろからの声に飛び上がりそうになった。

そろりと振り返れば、ハチさんが塀の上にいた。

「まあ、ちょっとね」

「帰ってくるんやったら、こっちやろなぁ思うて」

ぼくの考えていることなんてバレバレだったらしい。

「佳奈子が怒ってたで。ご飯も食べんとほっつき歩いて。明日は弁当作らへんって」

それはかなりまずい。さっきお金を使ったせいで、所持金が三桁を切った。

怒らせると怖いのはジイちゃんだけど、母さんを怒らせると色んな面で実害が出る。

「明日は、お昼抜きっぽいね」

はあ、と肩を落とすと、くつくつとハチさんが笑った。

「そういう日もあるやろう。坊が可哀想やから、ワシの昼飯持ってってもええで」

「いや、いいよ」

「なんでやねん。美味いのに」

「キャットフードじゃん」

「佳奈子はな、ワシに惚れてんねん。ねだるとなんぼでも飯くれんねん」

確かに母さんはハチさん大好きだからなぁ、ペットとして。

ご飯のことを思い出したのか、ハチさんが口元を短い舌でぺろりと舐める。

「ぎょうさんもらうと、隆景がやりすぎやゆうて没収すんねん。あいつワシの飯、陰で絶対食うてるわ」

「いや、ジイちゃんもキャットフードは食べないから」

小さく笑って、ぼくは家の中に入った。

荒んだ気分が和らいだので、心の中でお礼を言っておくことにした。

ぽん、ぽぽん。

差した傘の上を、大粒の雨がぶつかり砕けていく。制服のシャツが、高い湿度のせいでぼくの体に張り付いてしまったかのようで、少し不快だった。

のんびりと自転車を漕ぎながら家へ帰っているだけなのに、湿気のせいで汗ばんでくる。もう少しで梅雨が明ける、とハチさんが登校する前に言っていたことを思い出した。

例のごとく、ぼくはマンガ雑誌を花子さんに貸し、先週分を返してもらった。

そんな月曜日の帰り道。

ぼくは、花子さんとぼくの関係について考えていた。相変わらずぼくは、毎週月曜に彼女に会いに行っていた。個室に一人こもっている彼女が美人だというのもある。共通の趣味があってその話ができるというのもある。

単純に、あやかしがどうこうじゃなくて、ぼくは花子さんとしゃべるのが好きなのだ。

こういうあやかしは、花子さんだけじゃないと、ぼくは思う。百戦錬磨でベテラン陰陽師のジイちゃんなら、それくらい知っているんじゃないだろうか。

雨のせいで薄暗い路地を縫って自転車を走らせていると、ようやく自宅が見えた。車庫の端に自転車を止めて、パチンと傘を畳み雫を払う。

フミャァ、と声がして足元を見ると、黒猫が顔をぶるぶると振っていた。雨粒がかかってしまったみたいだ。

「何すんねん、ご挨拶やなあ」

「ハチさん、ただいま。ごめんごめん、そんなところにいるとは思わなくて」

どうやら、自転車を止める物音でぼくが帰ってきたとわかったらしい。

「しっかし、ええ天気やなぁ」

「どこが」

小さく笑って、ぼくは小走りで玄関にむかうと、素早くハチさんが玄関扉の前に回り込んだ。扉を開けようとするぼくを阻む気だ。

「坊、約束。忘れたワケやないやろ？」

「アジサイはまた今度ね。今日雨降ってるし」

「雨降ってるからええねや。これやからシロートは」

とにかく、どこかへ連れて行ってほしいらしい。

「ハチさん、ぼくを暇潰しの相手にしないで欲しいんだけど」

「誰が暇やねん。……誰が暇やねん！」

「なんで二回言うんだよ」

本当は暇だけど他人に「暇でしょ？」って言われると怒るハチさんなのである。

三室戸寺《みむろとじ》という、アジサイで有名なお寺に連れていけ、ってことなのだろうけど、生憎《あいにく》の雨で、おまけに三室戸寺はウチから遠い。よって、そこまで黒猫を連れて行くのは面倒くさい、ということなのである。

「遠いし、雨降ってるからイヤなんだよ」

「それやったら、お稲荷《いなり》さん行こか」

「お稲荷さんっていうと……」

「伏見稲荷大社《ふしみいなりたいしゃ》」

それなら、考えないでもないかな。自転車なら、二十分あれば行ける場所だ。がさがさ、とハチさんがスーパーのビニール袋をかぶって、底を破いて顔を出した。即席のカッパのつもりらしい。ちょっと可愛い。これ、あらかじめ準備してたな。

「坊、はよう。日が暮れてまう」

「わかったよ」

車庫に戻って、再びぼくはサドルにまたがる。とっ、と軽快にジャンプしたハチさんは、かごの中に入った。

「お稲荷さんにあじさい園なんてあったっけ?」

「何でもええねん」

　暇が潰せるのなら、潰す方法は厭《いと》わないらしい。後ろ足でスタンドのロックを外し傘を差す。ハチさんのわがままに付き合うことにしたぼくは、また雨の中、自転車を漕ぎだした。

　十条通《じゅうじょうどおり》を東へ進み鴨川を渡る。車通りの少ない網の目状の小道を選び、十五分ほどでお稲荷さんこと伏見稲荷大社に到着。

　ほっ、と声を出したハチさんがかごから飛び降り、がさがさとスーパーの袋を鳴らしながら先を歩く。

　ここに来るまでに雨はやんでいた。観光目当てのお客さんたちも傘を差している人は見当たらない。

「外国人のお客さんがよう来てはるわ」

　ぼくが思ったことをハチさんが代弁してくれる。見たところ日本人よりも多そうだ。

　朱色に塗られた綺麗な鳥居をくぐり、本殿《ほんでん》を過ぎ、有名な千本鳥居をあっさりと通過していく。

「久しぶりに来たわ」

　実は、ぼくは初めてだったりする。近いせいか、いつでも行けると思ってしまって足を運ぶ機会がなかなかないのだ。

てくてく、と歩く黒猫と高校生男子は、奥の院と呼ばれる奥社奉拝所で足をようやく止めた。

「足元の悪い雨模様だというのに、人の多いこと」

声にぼくたちは顔を見合わせて、首を振った。付近の観光客がしゃべったふうでもなく、怪訝《けげん》に思っていると、建物の中から狐面を被った人が出てきた。

あやかしの気配がうっすらとしている。

「誰や思うたら、ジゾウやないか」

「又八か。何やら珍妙な格好をしているが」

「最近の流行りやねん」

「ほう」と、狐面のあやかしは顎をさする。

いや、信じるなよ。スーパー行けば誰でもできるよ。

「ハチさん、このあやかしは？」

「ジゾウゆうてな。ワシの昔馴染みのあやかしモンや。ジゾウ、こっちのニンゲンは、新城家の坊や」

「であろうな。新城家の者だというのは、ニオイでわかる」

ハチさんに紹介されたぼくは、どうも、と軽く会釈《えしゃく》した。むこうはじっとこっちを見ているだけで、これといった反応は示さない。というよりも、狐面を被っているから反応したのかどうかもわからなかった。

「又八、陰陽師を連れて何をしに来た」

「そう怖い声出さんといて。別に、あやかし退治に来たわけやないねん。ちょっとした散歩みたいなもんや」

ならいいが、と狐面のあやかし、ジゾウはぼくを一瞥して言った。

ハチさんの馴染みのあやかしと言っても、ぼくたち陰陽師を警戒するのは仕方のないことかもしれない。

「ジゾウはこの稲荷山近辺のあやかしモンをまとめてんねん」

「別に、大した力はない。ワタシが最古参だったというだけのこと。小僧、新城家の者であったな」

「はい。ぼくは孝春っていいます」

隆景の孫や、とハチさんが補足した。

「そうか。隆景の。隆景の坊は、元気にしておるか」

「元気に現役の陰陽師をしています。ちょっと怖いですけど」

ぼくが言うと、ジゾウがくつくつと笑いはじめた。

「隆景の坊も同じことを言っておったな」

「光晴は厳しかったからな」

光晴……ジイちゃんの前の当主が光晴という名だと聞いたことがある。だから、ジイちゃんのジイちゃんが光晴なんだろう。顔写真だけ見たことがある。皺に埋もれそうなほど目は細く、四角い顔の形をしていて、いかにも厳格そうな人だった。

「ジイちゃんも、ぼくと同じことを？」

訊くと、ハチさんはちょっとだけマズそうな顔をした。

「この前、坊を叱ったやろう？　あやかしモンと仲良うしたらあかんって。隆景もなぁ、ずうっと昔は、坊とおんなじやってん。ああ、けど、陰陽師としてこの前言うたこと自体は正しいねんで？」

ジイちゃんのフォローをするハチさん。理屈の上では、ぼくだってジイちゃんの言っていることを間違っているとは思わない。ただ、気持ちの問題で、ぼくはそこまでスッパリ割り切って彼らと付き合うことが、まだできない。

「ぼくと同じだったって、どういうこと？」

「隆景の坊が中学生かそこらのとき、ワタシとよく語った」

語った？　ジイちゃんが、ジゾウと？

この前の様子からでは全然想像がつかない。ジゾウのまったく動かない狐面の顔を見つめて、ぼくは何度もまばたきをした。

「もう、ずいぶんと会っていないが、隆景の坊は、学校が終わればここにこっそりとやってきて、色んなことを話してくれた」

「ワシもそれを前にジゾウから聞いてビックリしてんけど、仲良かってん。ジゾウと隆景は」

放課後、何度も会って語った——。ぼくと花子さんみたいだ。

それから、ぼくはジイちゃんとの思い出話を聞いた。

学校のことや陰陽師のこと、あやかしモノのこと、思ったことや自分の考えをジイちゃんはジゾウに語って聞かせたそうだ。意見交換と言えばすごくお上品に聞こえるけど、実際は、喧嘩になるくらい激しいやりとりもときにはしたそうだ。

「隆景の坊は、それはそれは、驚くほど力が強かった。喧嘩になれば、ワタシはいつも負けていた」

狐面は無表情だけど、その奥では微笑んでいるように見えた。

「ジイちゃんにも、そんなときがあったんだ」

「隆景とちょっとばかし似てるところが、坊にはあるからな」

「風に聞いた噂では、隆景の坊は凄腕の陰陽師と呼ばれているそうだな」

みたいです、とぼくは返した。

「もう、老いぼれやけどな」

ししし、と足元でハチさんが笑う。ジイちゃんにこのことを言いつけたら、エライことになりそうだ。

それから、ハチさんとジゾウが少し世間話をして、ぼくたちは稲荷山を上へと登っていく。

「今日、ジゾウに会うたことは、隆景には言うたらあかんで？」

「どうして？　あやかしモンと仲良くしていることになるから？」

濡れた地面を軽やかに歩くハチさんが、振り向きもせず言った。

「そういうワケやないねん。昔、自分も坊とおんなじやったって坊に知られたとなると、隆景の立つ瀬がないからな。それに、あいつ、隠したがんねん。ジゾウとのこと」

「え？　仲良くしてたから？」

「きっとそうやろうな。昔とは言え、自分のやってることと言うてることがちゃうやろう。ワシはジゾウから聞いて、はじめて隆景とジゾウが仲良かったって知ってん。それがわかったんも、つい最近。この話、あいつから聞いたことないねん。付き合い長いのに水臭いやつやで、ほんま」

ハチさんもジイちゃんとは古い付き合いだから、それを隠されていたのが不満みたいだ。

「けど、気安くてしゃべりやすいから、ついぼくなんかはしゃべっちゃうんだよな」

「なんか言うたか？」

「何でもないよ」

こうしてあやかしの知り合いが増えていくと、陰陽師になるための外堀がどんどん埋められていくような気がしてしまう。

それから、道中でハチさんとジゾウの話を聞いた。

ジゾウは元々山深いところにある地蔵の祠《ほこら》で暮らしていた狐だそうだ。長生きすることで妖狐となったらしい。猫又のハチさんに起源が似ている。

稲荷山のてっぺんまで行ったものの、曇り空は変わらないままで景色はいいとは言えなかった。

「また今度来よな！」

ハチさんは暇が潰せてご機嫌。ぼくもはじめて来たのでそれなりに楽しめた。

帰り道、奥の院にはもうジゾウはいなかった。

「ジイちゃんでも、ぼくみたいに仲のいいあやかしがいた時期があったんだね」

「仲がいいと言えばそうなんやろうけど――」

神社をあとにし、暗くなりはじめた夕暮れの道を自転車で走る。

「毎日学校終わったら、ジゾウに会いに行ってたって話やったやろ？　ジゾウが言うには、ある日を境に、ぴたりと行かんようになったそうや。隆景が『ニンゲンがあやかしモンと仲良うしたらあかん』ってきっちり考えはじめた時期とおんなじやねん」

「バレて叱られた、とか?」

「坊と違うて、叱られた程度で素直に言うことを聞くタマやないねんけどなぁ。ジゾウもそれはわからんって。けど、それでええんやって、あんまり気にしてへんかったわ」

以来、ジイちゃんとジゾウは一度も会っていないそうだ。

何があったんだろう。

喧嘩でもしたんだろうか? ぼくと花子さんは、マンガのネタバレに関して一度大きな喧嘩をしている。そういう、人間の当たり前とあやかしの当たり前で、価値観がズレることだってある。ジゾウの『当たり前』がジイちゃんの我慢ならない何かだったりしたんだろうか。

「そういえば、ジゾウは、ぼくが新城家の者だってすぐわかったけど、そんなニオイするもんなの?」

「あやかしモンにだけわかるニオイみたいなもんがあんねん。当然新城家のニオイを知っとらんとあかんけどな」

「ハチさんもあやかしモンなんだよね、一応」

「せやで! 洛中洛外問わず、この名を轟かせた猫又の又八さんやで!」

振り返って得意そうに言うハチさん。どや顔ごちそうさまです。

「じゃあさ、『仲良うしたらあかん』規定に違反してるよね、あやかしモンだから」

「……」

「ウチじゃなくて、よその猫になったほうがいいんじゃないの?」

冗談っぽく言うと、

「ふ、普通の猫やからええねん」

普通の猫は、しゃべらないし、尻尾は一本だ。

「それに、ワシがおらんと、佳奈子が悲しむ」

「そうだね」

ぼくだって、もしハチさんがいなくなれば寂しい。口に出して言えば、また明日もどこかに連れていけと言うだろうから、これは黙っておいた。

今日の飯はなんやろな、とハチさんがカゴの中で独り言をつぶやく。黒猫を乗せて、ぼくは雨上がりの道を自宅へと帰っていった。

ジイちゃんとジゾウの関係。やっぱり、ぼくと花子さんと似たような関係だったんだろう。あの二人の関係を自分に置き換えて考えると、どうしてジイちゃんが急にジゾウに会うのをやめたのか、ぼくにはさっぱり理解できない。それは、ぼくが花子さんに会わなくなる、という状況がさっぱり想像できないからでもあった。

どうしたら、ぼくは花子さんに会わなくなるだろう。単純に、嫌いになるような何かがあったら？　それとも、嫌われたら？　どちらにしても、喧嘩か何かに発展しそうだ。

昨日、ハチさんと話して決めた。ジゾウに会ったことは、ジイちゃんには内緒にする。ジイちゃんは、あやかしであり付き合いの長いハチさんにも、ジゾウとの関係を黙っていた。それは、相当な理由があったからだったんだろう。

今日、ぼくは花子さんのトイレへ行き扉をノックした。ジイちゃんとジゾウの話を聞いて、なんとなく不安になったのだ。いつか、この関係が終わるときが来るんじゃないかって。

「花子さん、新城です」

「今日は火曜だからまた六日後に会おう」

ぺら、ぺら。

ぼくのもやもやなんて知らない花子さんは、ぼくを適当にあしらった。音からして、昨日渡したマンガを読んでいたんだろう。

ちょっとくらい、世間話に付き合ってくれたっていいのに、と思う。花子さんらしいと言えばらしいのだけど。

放課後、曇り空の下、ぼくはまたお稲荷さん——伏見稲荷大社へやってきた。教えてほしい。ジイちゃんとどんな関係で、どんな話をしていたのか。

また千本鳥居を通り、奥の院へむかう。近くに行くと、ジゾウが退屈そうに拝殿の中に座っていた。

「こんにちは」

狐面がこちらをむいた。

「新城の坊か。また来たのか」

「ええ。ジイちゃん——隆景とのことで教えてほしいんです。昔、ジゾウさんと何の話をしていたんですか？」

「そのようなことが聞きたいのか。他愛もない会話ばかりだ。特筆して話すようなことは何もない」

「昨日、ハチさんに聞きました。ある日を境にぱったり会わなくなったって。それは、どうしてだろうと」

「それは、ワタシもわからぬ。理由を訊こうにも、以来会うこともない。又八にも何も教えていなかったそうだな」

ぼくがうなずくと、ジゾウの声音に寂しさが滲んだ。

「あやかしモノと陰陽師。たとえ、学校の話や修行の愚痴のような、どうでもよい話ばかりしていただけだとしても、何かしら関係性があったと公になるのは、困るのであろう」

「そんなことは……」

ない、とは言えなかった。ジイちゃんがどういう気持ちでいたのかはわからないけど、陰陽師とあやかしモノと繋がりがあるのは、体裁上よろしくない。

「ワタシと繋がりがあると、あやかし嫌いの新城光晴に知られでもしたら事であるからな」

「隆景の祖父、なんですよね。光晴は」

「ああ。町であやかしを見かければ祓《はら》うのは当たり前。害の有無を問わずにな。洛中でのんびり暮らしていた我らは震え上がったものだ」

「そんな。ひどい……」

「新城家は今は違うようだが、当時は天満家と新城家は、あやかし徹底排除派で有名であった。天満氏孝、新城光晴。両名に祓われたあやかしモノは数知れない。恨みを買うことは多かったであろう」

無害のあやかしモノを問答無用で退治していれば、憎まれても仕方ない。あやかしモノと陰陽師の関係が、そんなふうになってしまうのは悲しい。

「人を喰らうような気合いの入ったあやかしは、さすがにその当時にももうおらなんだが、イタズラをしたり、惑わしたり、そういうちょっかいを出す者はまだいたのだ」

　そんな彼らを天満氏孝と新城光晴は、陰陽師の名のもと、どんどん祓っていったそうだ。

「堪らず近くの山や森へ逃げ込み、自然と人里離れた場所で我らは暮らすようになった。今にして思えば、それが狙いであったのだろう。さすがに森の中まで探し出して祓うということはせなんだ」

「洛中警護は陰陽師の使命……ジイちゃんがそう言っていました」

「我らと陰陽師は水と油。交わることは永遠にない」

　ジゾウの残念そうだけどはっきりとした言い方に、花子さんとのことが思い出され、少し胸が痛んだ。このことを花子さんに言えば『当たり前のことをわざわざ言い出すなんて、君はよっぽど暇だと見える』なんて、皮肉を言われそうだ。

「人同士も一緒だと、ぼくは思うんです。あやかしモノかどうかは関係なくて。合う人もいれば合わない人もいるし、好きになれる人もいれば、嫌いな人もいる。あやかしだって、同じでしょう?」

「似たようなことを隆景の坊も言っておったわ」

低い声でジゾウは笑った。

「どうして相争うのか——我らと陰陽師が人間同士ではないというのが最大の理由だ。あやかしモノは人間を襲い、陰陽師はあやかしを祓い、洛中警護をしてきた。そういう繰り返された歴史がある。個人間では仲良くはできるであろう。全体となればまた話は別なのだ」

ぼくだって、あやかしに襲われた経験がないわけじゃない。はじめてのときはやっぱり怖かったし、以来可能な限り避けたいとも思った。でも、花子さんやジゾウのように話ができて、人間の常識が理解できる者だっている。

「こればかりは、どうにもならぬよ」

「ジイちゃんは、あなたに会わなくなってから、人とあやかしモノを区分けした割り切った考えをするようになったそうです」

「うむ。それでよい。それが正しいのだ」

「何か、心当たりはありませんか？　ジイちゃんがどうしてそんな考えをするようになったのか」

「そのようなことを知って、坊、貴公はどうしたいのだ」

「わかりません」

わからない。そう。素直な言葉が口をついた。

ただ、ジイちゃんがどうしてそういう考えにたどり着いたのか知っていれば、『別れ』は避けられるんじゃないだろうか。彼女との日々がいつか終わってしまうものだとしても、先延ばしにくらいできるんじゃないだろうか。

そうだな、とジゾウは顎をさする。

「ワタシが、出掛けて戻った翌日からだったろうか。隆景の坊が姿を見せなくなったのは」

「ここらへんを留守にしていた、と?」

「そう、あやかしモノの中でも、ワタシのような地域ごとのまとめ役がいるのだ。その彼らとの集会があった。あの時は確か、余所《よそ》から流れてきたあやかしモノに、決まり事の周知徹底させることであったな」

訊くと、その集会では、人間への対応を協議したり陰陽師から通達されたことの周知をしたりして、あやかしモノたちの足並みを揃えるのが目的のようだ。

そんな集会があるとは初耳だった。陰陽師でも同じようなものがあり、月に一度、ジイちゃんも新城家当主として出掛けている。

「京都は特に流れ者が多いのだ。あやかしモノの数が多いせいか、安住の地だと勘違いしてやってくる。設けられた罰則規定があり、それを特に新参者には教えてやらねばならん」

厳しすぎれば、あやかしモノたちから大きな反発にあうため、緩すぎず厳しすぎない約束事だったそうだ。

「出掛けていたっていうのは、その集会だったから？」

「然様。その日は、話し合いが終われば、結束を深めるため、みなで馳走を食い酒を呑むのだ」

商店街の商工会の集まりみたいだ。

そして、その翌日からジイちゃんはジゾウの前に姿を現さなくなり、区別した考え方に変わった。

ぼくは、ジゾウが仲が良かったと勘違いしているだけで、ジイちゃん自体は元々そういう考え方だっただけなのでは、と思った。けど、放課後、毎日のようにやってきては他愛ないことをしゃべったという。世間じゃそういう仲を友達と呼ぶ。それで、喧嘩をしたというワケでもないらしい。

ますますわからない。あやかしのことや陰陽師のことを、新城家の者以外で話すことのできる数少ない存在だろうに。

いきなり友達と会うことができなくなったジゾウのことを思うと、なんだか切ない。

ジゾウもそれが当たり前であると理解していたから、それ以来、会いにいこうともしなかったみたいだ。

「何故本人に訊かずワタシに訊くのだ」

「ハチさんにも、あなたとのことを隠していた。だから、よっぽどのことがあるんじゃないのか、と。それに、ぼくもこの前、ジイちゃんにあやかしモノと仲良くするなってキツく注意されたばかりなので。孫にそんなふうに注意したばかりなのに、自分も昔そうだっただなんて知られると、ジイちゃんの立場がなくなっちゃいます」

「なるほど。坊は隆景よりは気の回る優しいお子であるな」

くっくっく、と引き笑いを漏らしたジゾウ。ジイちゃんの昔のことでもっと知りたくなったぼくは、隆景少年の当時の様子を聞かせてもらい、暗くなる前に奥の院をあとにした。

今じゃ厳格な陰陽師のジイちゃんだけど、話の中の隆景少年は、ぼくとそれほど大差がないようだった。友達関係のことで悩んで、陰陽師の修行が嫌いで、いつも気晴らしに来ていたという。

ジイちゃんでもそんな時代があったのだと思うと、妙に親近感がわいた。

昼休み、早々に弁当を食べ終えたぼくは、花子さんのところへむかった。

何か特別な用があるわけでもなく、ただなんとなくだ。

「花子さん？　新城です」

ぺら。……ぺら。

ページをめくる音は聞こえるのに、応答がない。

「あのー？」

こんこん、とノックしてもやっぱり返事がなく紙の擦れる音だけが聞こえてくる。

ぺら……ぺら。

「ふふっ」

今笑った？

「いるんですよねー？」

「まったくうるさいな、君は。読書の邪魔だというのがどうしてわからないんだい」

「返事しないからですよ」

扉が開くと、機嫌悪そうにむすっとした花子さんが、自慢の美脚を組んでいた。

近くの教室から椅子を引っ張ってきて背もたれを前にして座る。

「君は、私の読書を邪魔する趣味でもあるのかい？」

「そんなものはないです」

「じゃあ何をしに？　これで、二日連続だ。意味もなくやってくるのは。まさかとは思うけれど、私の顔を見に来た、なんて言わないでおくれよ。美人だと評されることには慣れているけれど、君を恋に落とすつもりは私にはさっぱりないのだから」

「顔を見に来たっていうのも間違いじゃないんですけど、ちょっとだけ、わからないことがあるんです」

どうぞ、と花子さんに手のひらを差し向けられる。ぼくはジゾウというあやかしモノとジイちゃんの関係について花子さんに教えた。

「それで、君は一体何が知りたいというんだい」

「どうしてジイちゃんは急に考え方が変わってしまったんだろう、と」

はぁぁ、と深いため息をつかれた。

「な、なんですか」

「まだ君の祖父隆景は存命で、同じ屋根の下で暮らす家族だろう。私ではなく、本人に直接訊くといい」

「それができないから困ってるんじゃないですか」

ふうむ、と花子さんは真っ赤な唇をさわりながら、思案するように視線を横に流す。可視化できそうなほどの色気に、すこしドキドキしてしまう。

細められた瞳がまっすぐこっちをむく。ドキドキを見透かされたようで、なんだか居心地が悪い。それから、口元がにいっといやらしく笑った。

この笑みは……知っている。ぼくをイジめるときの嗜虐的《しぎゃくてき》な笑顔。

「君は可愛いね、本当に」

「は？」

「昨日、ここへ無意味にやってきたのも、その話を聞いたからだろう？」

「あ、いや、それは……」

「なるほど、なるほど。大方、祖父とジゾウとやらの関係を、君と私の関係に置き換えてしまったんだろう。それで、なんとなく、不安になってしまった。私とお別れも言わないまま一生会えなくなるんじゃないか、と」

くそう……当たってる。

「きっと君はギャンブルにはむかないだろうね。『図星を突かれた、マズイ。恥ずかしい、どうしよう』なんて、思っているのがミエミエだ。全部顔に出ている」

「違いますから」

「おや？　それなら、どうして恥ずかしそうにうつむいているんだい？」

手負いの鼠を痛めつけて遊ぶ性質の悪い猫そのものだった。

「ぼ、ぼくのことはいいじゃないですか！　本題からそれています」

「その本題で遠回りしている上に、他力本願で知りたいことを知ろうとしている君に言われたくはないよ」

「ぐ。ああ言えばこう言う」

「ありがとう。私にとっては誉め言葉だ」

何をどう言っても弾き返されてしまう。花子さんを口でやり込める人がいるのなら見てみたい。

「ともかく、ジイちゃんには直接訊けないんです。この前叱られたばかりなのに、ぼくがあやかしモノと関わっているってことがバレてしまいます」

さっきまで、ぼくをイジめて楽しそうだった花子さんの表情が、火が消えたように暗くなった。すぐにぼくは失言に気がついた。

「あ、えと、そういうつもりじゃないんです」

あやかしモノと関わっていたから叱られた、なんて花子さんの前で言うことじゃなかった。

「君なりの仕返し、というわけかな」と言って、小さく笑う。

「すみません、違うんです」

「いいや、違わないよ。隆景老の言うことは正しい。ジゾウとやらも、会いに行かないのが正解だ。陰陽師とあやかしが仲良くしていいことなんてないのだから」

「ぼくは陰陽師じゃないです」

「私のことが視える人間は、ほぼ全員陰陽師だよ」

「正しいからって！　それがぼくと花子さんにとっての『正しい』とは限らないじゃないですか」

「君がそんなふうに懐いてくるから、つい忘れてしまう。私たちの関係を」

超がつくほど美人なせいで、悲しみの表情がありありと浮かんでくるのが見てとれる。たぶん、ぼくも似たような表情をしていたのだと思う。

「今日はもう帰りたまえ。君が教えてくれた話の中に、もうほとんど答えは出ているよ」

それだけ言い残して、花子さんは扉を閉めた。後味が悪くなってしまったけれど、きちんとああして教えてくれる花子さん。ぼくは扉越しにお礼を言って、「また来ますね」と伝えた。

扉のむこうでは物音ひとつしなかったけど、了承のサインだということにしておいた。


放課後を迎えて学校を出ると、ぼくは真っ直ぐ家へ帰った。

からから、と音が鳴る玄関扉を引いて、足だけでスニーカーを脱ぐ。冷たい三和土《たたき》の上で昼寝をしていたハチさんが、片目を開けてこっちを見た。

「坊、おかえり。なんかあったん？」

「ただいま、別に、何もないよ」

「嘘がへったくそやなぁ」

　ししし、と笑うハチさんは、階段を上がるぼくについてくる。

「この又八さんが聞いたる。なんや、何があってん？」

「ギャンブルにはむかないって」

「なんやそれ。どういう意味や」

　そういう意味だよ、とぼくは濁して、部屋へ入る。

　制服のままベッドに倒れこむ。とっ、とジャンプしてハチさんが隣にやってきた。

「ジイちゃんは、どうして急に区別する考えになったの？　ハチさんは何かわかる？」

「そうやなぁ。あの頃は、まだ隆景も坊と一緒の考えやったはずや。あやかしモンでも、話のわかる例外がおって、頭ごなしに排除すんのはちゃうんとちゃうかってな。みんなや。陰陽師はみんな、最初はそういう考えを持ってる」

「いずれ、区別した考え方をするようになる？」

「そうやな。ジゾウと会っていたからこそ、隆景が区別する考えを持つようになった

――それは、自然なことやったんちゃうか」

本当にそうなんだろうか。

毎日のように会いに行っていたのに、そうしなくちゃならない、と思い立って実行に移した。行動の理由としてはシンプルで、そういうこともあるのかと理解できるけど、ぼくだからこそ、それが違うとわかる。

「ジイちゃんは、ぼくと同じ考えだったんでしょ？　それなら、いきなりそんなことにはならないよ。いわば、ジゾウとは友達関係だったわけじゃん。それは、ぼくが急に『動物と人間は違うから明日からハチさんとは会わないでおこう』って考えだすようなものだよ」

「あかん！　そんな考えしたらあかん！　又八さんは、こう見えて、寂しがりなんやで！」

「わ。すげー必死！　例え話だって」

のどをくすぐると、ハチさんは気持ちよさそうに目を細めた。

「それならええねん」

「ジゾウが集会に行っていたことと何か関係があったりして？　ジイちゃんが来なくなった前日、その集会に行っていたらしいんだ」

「ああ、『洛中会《らくちゅうかい》』やろ？　ジゾウの言う集会ならそれで間違いないはずや」

あやかしの集会を『洛中会』というらしい。

逆に、陰陽師の集会を『京都守護代行会』という。

京都守護代行会ってのは、京都の陰陽師をまとめる組織のことだ。ジイちゃんが確か役員で、ときどき他家のことで愚痴を言っているのをハチさん伝いに聞くことがある。こちらも毎月会議があって、報告や連絡をし合ったりしているそうだ。

「単純にやな、ジゾウを嫌いになるなんかがあったんやろう」

「嫌いに？」

理屈ではきちんと理解できる陰陽師とあやかしモノの区別。そう簡単にできないのは、ジゾウに対して友情のようなものがあったのだとぼくは思う。

友情ないし、何かの情がなくなる出来事が起きれば、確かに会いに行かなくなるのかもしれない。

「鼻毛が出てたとかやなー」

「いや、狐面してるじゃん」

「出てても別にええわけか……」

そういうわけじゃないと思うよ、ハチさん。

「そうやったら……あ。狐が嫌いやったんや！　何度も会ううちにそれがわかって、会わんようになった」

ないで！」

「狐が嫌い？　ジイちゃんが？　聞いたことないけど」

真実にたどり着いたらしいハチさんは、深刻そうな顔をする。

「そうや……キツネうどんもそうや。隆景がキツネうどんを食べてるとこ、見たこと

「ぼくは何回かあるよ」

「じゃあ、あれや。あれ。ジゾウが、貸してた本を返してくれへん、とか」

「借りパク？　友達あるあるだね、それ」

意見をぼくが肯定したせいか、ハチさんの表情がぱぁと輝いた。

「そうやろ、そうやろー」

うん。でも違うと思うよ、ハチさん。

ハチさんを片手で適当にじゃらしながら、花子さんの言葉を思い出す。

『君が教えてくれた話の中に、もうほとんど答えは出ているよ』

ということは、ぼくの話を聞いて、花子さんはジイちゃんの真意がわかったんだ。

嫌いになった、はイイ線をいっていると思うのだけど、その理由がどうにもわからない。ハチさんの案は、嫌いになるには理由として小さすぎるから、たぶん違うと思う。

キツネうどんを食べない、というのは勘違いだろうし、狐嫌いだなんて話は聞いた

ことがないし。

鼻毛が出ていた、貸した物を返してくれない——それだけで、数十年会わなくなるくらい嫌いになるものなんだろうか。

何かあれば、ぼくはいつも花子さん頼りだった。疑問を投げかければ、いつだって必ず正答をくれるから。

ぼくは他人任せで、自分の知りたいことを知ろうとしていた。だから、今回だけは自分で答えを見つけ出してみようと思う。

花子さんはヒントをくれた。ぼくが見聞きしたことで、もう答えが出るのだ。

「ハチさん。洛中会っていうのは、あやかしモノの集まりなんだよね？」

「そうや。地域ごとの顔役や有力なあやかしが集まって、主に京都守護代行衆のお達しを通知したり、それについた協議したりする会やな」

その日、もしくは翌日からジイちゃんはジゾウに会いに行かなくなった。

「その会の当日に何かあったんじゃないかな」

「何かって？」

「それはわからないけど」

「なんもないて。隆景は、当時から力が強かった。ここいらのモンで知らんあやかしモンはいいひんよ」

「そんなに?」

「そうや。おまえのジイ様はあれで凄いんやで」

他人にこうやって語り草にされるのは、ちょっとだけ憧れる。

「修行の賜物《たまもの》っちゅーやつや」

「ここいらのモンで……。ジゾウは、余所から流れてくるあやかしモノが多いって」

「ワシは余所を知らんからアレやけど、流れモンはある程度いてはるなぁ」

それが理由じゃないのか――?

「ジイちゃんがジゾウを嫌いになった理由がわかったよ、ハチさん!」

「嘘やんっ! 何、何! どうしてなんっ⁉」

教えてくれ教えてくれ、と立ち上がったハチさんがのしかかってくる。

「ジイちゃんは、ジゾウに裏切られたと思ったんだよ」

「ど、どういうこっちゃ?」

こうしちゃいられない。

ぼくは立ち上がり自転車の鍵がポケットに入っているのを確認して、部屋を飛び出した。

「ぼぉーんっ! わけを、ちゃんとわけを説明せぇーいっ」

階段を下りると「あとでね!」と階段の上にいるハチさんに言い置いて、踵の潰れたスニーカーをつま先に引っかける。外に出て自転車を全力で漕ぎはじめた。

ぼくがやってきたのは、放課後の学校。別棟三階の隅にあるトイレだ。すりガラスの窓からは西日が差し込んでいて、最奥にある個室の扉をオレンジ色に染めている。

ぼくはまた、適当な教室から運んできた椅子を個室のむかいに持ってきて座った。

「花子さん、わかりました。ジイちゃんがどうしてジゾウに会いに行かなくなったのか」

小さく息を切らすぼくの言葉に、応答はない。けど、たぶん聞いてくれている。そう思ってぼくは続けた。ぼくの推察はこうだ。

「ジゾウが、集会に行っていたその日、ジイちゃんは知らずにいつも通り会いに行った。でも彼は不在だった」

ジゾウはそこら一帯のあやかしモノのまとめ役だ。

ジゾウが不在なのをいいことに、新城家に恨みを持つあやかしモノが、ジイちゃんを襲った。新城光晴だと勘違いしたのか、孫だから襲ったのかはわからないけれど、ともかく、ジイちゃんは襲ってきたあやかしを返り討ちにした。

不在を知らないということは、洛中会という集まりがその日あったことは知らないってことだし、ジゾウは付近一帯を仕切るあやかしモノ。陰陽師と何かしらの因縁があったとしても不思議じゃない。仲良くなって油断したところを襲わせたのだ、とジイちゃんはそこで勘違いをしてしまった。

「仲が良かったはずのジゾウに裏切られたと勘違いしたジイちゃんは、以来、彼に会いに行くことはなくなった」

どうだろう。ぼくの推察は。

沈黙を守っていた個室が、残念そうなため息をついた。

「全然違う」

「え」

ぶつからないように、と少し距離をとったけど、扉は開かないままだった。

「何が違うっていうんですか」

「半分くらい君の妄想だろう、それは。それに、君の祖父は、あやかしに少々裏切られた程度で友人関係をやめるような人間なのかい?」

「中学生くらいだという話でしたし、ピュアなんじゃないかと……」

「あやかしモノの顔役にのこのこ会いにいく陰陽師だ。自衛手段を講じているか、そもそもジゾウ以上に力が強いということだ。喧嘩になればいつも負けていた、とジゾウは言っていたんだろう？　要は、何かあったときは武力を行使し、一人で切り抜ける自信があったものだと思われる」

「はい、ジイちゃんの力の強さは有名だったそうですから」

「その自信は、過去の経験からくるものだ。そんな彼が、友人付き合いのあったあやかしに裏切られたとして、泣き寝入りするのかな」

ハチさん曰く、叱られた程度で素直に言うことを聞くタマやない、とのことだ。おまけに、誰もが噂するくらい陰陽師としての力が強い。それで、何度もあやかしモノと戦っているとしたら……。

「『よくも嵌《は》めたな、ジゾウ。許さん』ってなるかもしれないですね」

「君の言う通り、ショックを受けたとして、どうして以来数十年顔を合わさないんだい？　勘違いしていたとして、理由を訊きに行ったり、仕返ししたりしないのかな」

確かにそうかもしれない。

「だから、君の裏切られた説は全然違う」

「それじゃあ、花子さんの説を教えてください。本当はどうだったんですか」

「今日、君は言ったね。あやかしモノと関わっていることがバレる、と」

声音はとてもあっさりしているけど、ぼくは自分の失言を思い出して、口の中が苦くなった。

「はい。理屈の上では、よくないことなので。ぼ、ぼくは関わり合っていてもいいと思いますよ！」

慌ててフォローを入れると、かすかに笑い声が聞こえた。

「君の気持ちは十分わかったよ。それに、あれは……私も大人げなかった。すまない。たぶん、君に思わぬことを言われて、傷ついて慌ててしまったんだ。忘れてほしい」

「あの、扉は開けないんですか」

「今はダメだ」

もしかすると、ぼくに謝るのが恥ずかしいから扉を閉めているんじゃないだろうか。

「ともかく。あやかしモノと関わり合いがあると知られると困るのは、君だけじゃなかったはずだ」

「あ。当時のジイちゃんも……？」

「そう。隆景少年の場合、おそらく、ジゾウとの関係が新城家当主の耳に入っていたものだと思われる」

そう言って、花子さんは解説してくれた。

ジイちゃんの祖父、新城光晴は、あやかし徹底排除派。新城光晴は、ジイちゃんが顔役のジゾウに毎日のように会っていることを知り、脅した。

　これ以上会うようであれば、ジゾウを排除する、と。

「簡単なことだ。自分が痛めつけられるのは耐えられるが、友人がそうされるのは耐えられなかったんだよ、隆景少年は。新城家は徹底排除派。隆景少年があやかしモノと仲良くしていると他家に知られてしまうと、新城光晴の立場がない。おそらく、何度か注意したんだろう。それでも聞かないため、友人を人質にとって脅した。以来、会うことをやめた」

　ジイちゃんは、素直に言うことを聞くタマじゃない――。

「けど、それだけで考えは変わるんでしょうか。会わなくなっただけじゃ、区別する考えにはならないと思います」

「君が教えてくれたじゃないか。ジゾウの言葉だよ。『新城家は今は違うようだが、あやかし徹底排除派で有名であった』。わかったかい、『今は違う』んだよ」

「ジイちゃんは、区別する考えに切り替わったんじゃない……？」

「あやかしモノが当時と今の違いを語るんだから、間違いないだろう。さすがに隆景老の頭の中は覗けないけれどね。言動から察するに、少なくとも強硬派ではない。君には、ただ単純に理を説いたに過ぎないよ」

「それじゃあ、新城光晴が恨みを買ったあやかしに、ジイちゃんは襲われてないんですか?」

「どこからそんな不穏な発想が出てくるんだい、呆れて物も言えないよ。マンガの読みすぎだ」

あなたに言われたくないです。

「君が何度も言っただろう。隆景少年は力が強いと有名だった、と。少年とはいえ、顔役の人語を操れるようなあやかしモノよりも、強い陰陽師だ。そんな神童に挑むのかな」

「憎んでいたなら、そうなんじゃないかと」

「では、仮定しよう。ニオイだけで判断して、新城光晴と孫の区別もつかない阿呆のあやかしモノで、己よりも数百倍も強い陰陽師に挑む身の程知らずが新城家を憎んでいたとしよう。そいつは、どうしてわざわざジゾウ不在の日を狙うんだい?」

「それは、まとめ役のジゾウが、いないほうが犯行がバレないからです」

「仮にそうだったとしよう。隆景少年を狙っていたとしたら、その手下の攻撃は、いつでもどこでもいいと思わないかい? わざわざジゾウが治める地域で攻撃しなくとも」

もう、何も反論できない。

あ。そうだ、流れ者。

「じゃあ、流れ者のあやかしだった。知らずに、ジイちゃんを襲った。これなら」

「全然ダメだね。同じ地域に何年住んでいるんだい、隆景少年は。見慣れたあやかしモノ、見慣れないあやかしモノ。その区別もつかないのかい？　見慣れない者であれば、ジゾウと無関係であることはすぐにわかるだろう」

完膚《かんぷ》なきまでに論破されたぼくは、椅子の背にもたれた。完全敗北である。

「物事は、意外とシンプルなんだよ」

ぼくの脱力を見透かしたのか、花子さんはそんなことを言った。

きぃ、と軋んだ音を鳴らして、ようやく個室の扉が開く。

「やはり、君としゃべるのは楽しい」

そんな言葉を異性からかけられたことがないせいか、それとも笑みをたたえている綺麗な顔のせいか、ぼくは彼女に釘付けになってしまう。

組んだ脚の上に肘をついて、こっちをまじまじと見つめ吐息のような笑い声をこぼした。

顔が赤くなるのがわかって、ぼくは慌てて扉を閉めた。

「あ。こら。何をする」

「いや、今はちょっと都合悪いんです」

「さっき開けろと言ったのは君だろうに。私に見惚れでもしたかい？」

図星だから扉を閉めておいてよかった。顔色でバレずに済む。

「沈黙は肯定だよ」

「違います、見惚れてないです」

あはは、と明るい笑い声が聞こえて、つられてぼくも笑った。

「最後にひとつ聞かせてください」

「なんだい？」

「どうしてジイちゃんは、仲良しのハチさんにはそのことを一切教えなかったんでしょう？」


六月の下旬ともなると日没の時間は遅く、六時半を回ったというのにまだ外は明るい。

学校からの帰り道、自転車で少しだけ寄り道をする。

花子さんにジイちゃんとジゾウの謎をすべて解き明かしてもらったこともあり、気分も少し晴れやかだった。

ただいま、と誰にでも言うわけでもなく、小声で言って家に上がる。

奥のキッチンで母さんが夕飯の準備をしているようで、魚を焼くにおいがふわりと漂ってきた。

「孝春、ちょっとええか」

階段を上がろうかというとき、ジイちゃんがぼくを呼び止めた。暑かろうが寒かろうが、ジイちゃんはいつも着流しの和服を着ている。

うん、と返事をすると、ジイちゃんは自分の部屋へむかい、ぼくもついていった。

障子を開け、ジイちゃんが座椅子に静かに座る。木彫りのローテーブルの反対に回り、ぼくも正座した。なんとなく、何の話をするかは予想がつく。

「ジゾウさんの話？」

「なんや、会いに行かはったんやろ？」

「うん。会いに行ったというか、最初は、ハチさんに連れられてお稲荷さんに行ったら、たまたま出くわして。それで」

「懐かしい輩と出会うもんやなぁ」

今日はどことなく、ジイちゃんの雰囲気がやわらかい。ぼくを叱るつもりじゃないようだ。

足崩しや、と言われたので遠慮なく胡坐《あぐら》をかく。

「稲荷山近辺のあやかしモノをまとめているって、教えてもらったよ。あと、ジイちゃんとのことも」

「そうかぁ」

「ジイちゃんのジイちゃん——光晴さんは、あやかし徹底排除派だったたって」

チラりとぼくは梁《はり》に飾られたいくつかの額縁を一瞥する。それぞれ見慣れない男性の白黒写真が額縁には収められていた。

「爺様は、自分にもワシにも、あやかしモンにも厳しかった人やった」

「ジゾウさんに会いに行っていることがバレてしまった？」

「そうやなぁ。知ってたんか」

ゆっくりと話して、負けを認めたようにジイちゃんは苦笑した。

「すまんかったなぁ。厳しく言うておいて、ワシも孝春とおんなじことしててん」

「ううん。いいよ」

「ジジイがなんぼのもんや、思うて、注意されてもひとつも言うこと聞けへんかった。ジゾウの件に限らずや。それで爺様は、どうにかワシに言うこと聞かそ思うて、ちょっとだけ強引な手ぇ使《つこ》てん」

それからは、花子さんが言っていた通りだった。

全然言うことを聞かないジイちゃんに、荒療治を光晴は試した。仲のいいジゾウを人質にして、どうにかジイちゃんを制御しようとしたのだ。効果はてきめんだった。

「そら、エライ腹立ったわ。けど、もうなんも言われへん」

別れ際、花子さんは言っていた。

友情があるからこそ、隆景老は、ジゾウを守ることを選んだのだ、と。

「今にして思えば、新城家のメンツもあったんやろう。爺様は洛中で見かけたあやかしモンは見境なしに祓うてた武闘派やったから」

「もう光晴さんはいないよ、ジイちゃん」

「陰陽師に何言うてんねん。特に用もないわ」

「『あやかしモンと仲良うしたらアカン』から？」

ん、とジイちゃんは深くうなずく。理性の上では、陰陽師があやかしモノと会って久闊《きゅうかつ》を叙《じょ》する意味なんて、ないからだろう。新城光晴が他界してからは、新城家の当主としての立場もあった。時間を重ねれば重ねるほど、会いに行けなくなった。会いに行く理由もないから。

ちょっと会うくらいなら、仲良くするってわけじゃないだろうに。思った通り、ジイちゃんは頑固だ。

「こっちに来て」

ぼくは立ち上がって、怪訝そうにするジイちゃんの手を引く。玄関からサンダルを突っかけて外に出る。

「なんや」

「これなら、『会いに行く』じゃないからいいでしょ——?」

ぼくはジイちゃんの前からどいた。

「隆景の坊、久しいな」

ジゾウの狐面を見て、ジイちゃんが固まる。一度だけぼくを見て、目を戻すと言葉を呑んだ。

「坊に話を聞いた。それで、問答無用に、今日ここまで連れて来られたのだ。何やら、人質にでもなったような気分であった」

シャレの利いた皮肉に、ジイちゃんは年季の入った皺だらけの顔に笑みを刻んだ。

「『稲荷山のジゾウ』ほどのあやかしモンが、何言うてんねん」

「変わらぬな、隆景の坊」

「その面、なんも見えてへんやろう。もう、この通り。押しも押されもせぬジジイや」

「話すことなど特にはないが、坊に連れてこられ顔の知った男に出くわしてしまった。立ち話でも、するとするか」

ジゾウのその言葉に、ジイちゃんの目に涙が浮かんだ。

「そうやなぁ。ばったり出くわしてしもうたからなぁ。ジジイになるとあかんわ……涙もろくて」

鼻をすすって、じいちゃんは袖で目元をぬぐった。

嫌いになったわけじゃない。ジイちゃんなりに、ジゾウのことを想ってのことだった——ぼくが説明すると、ジゾウはただひと言、「そうであったか」と口にした。

「最初、ワタシは、貴公の身に何かあったのかと思った。だが、そうではないことがすぐにわかり、安心した。剛腕陰陽師として、新城隆景の名は、よくワタシの耳に入った」

「修行は、やっぱり好きになれへんかったけどなぁ。心配させてもうたな」

「人の世の年月など、ワタシにとっては一睡に等しい。——隆景殿、よくぞご立派に成長なされたな」

またジイちゃんは少し泣いた。ぼくは何度か背をさすって、落ち着いたころに二人を残して家の中へ入った。

母さんに呼ばれ夕飯の準備をしていると、足元でもぞもぞ、と何かが動いた。

「坊、結局どういうことやったん？」

黒い毛玉がうねうね、とぼくの足に絡んでくる。

「ハチさん。ジイちゃんに言ったでしょ。ぼくがジゾウと会ったって」

「え——いや、ちゃうねん。坊、ちゃうんねん！　巧妙な罠にかけられてんっ」

あちゃー、とハチさんは肉球で自分の頭をこつんとやる。

「違わないよ、罠なんかないよ。自爆したんでしょ、どうせ。そうやって口をすぐ滑らせるから、ジイちゃんにも内緒にされるんだよ」

「な、何の話やろう……」

「ジゾウとのことだよ。ハチさんは、仲が良い自分にも言えないようなことだって言ったけど、違うよそれ。ジゾウのことをちょっとでもしゃべれば、ハチさんから光晴に漏れるだろうから、ジイちゃんは何も話さなかったんだ」

「なんでそんな信用ないねん！」

「ないよ。自分の行いを振り返ってみてよ」

「隆景にはシツボーしたわ。あいつの飯、全部食うたんねん」

軽快にジャンプして椅子の上に乗ったハチさんは、テーブルに手をかけた。ぼくはすぐさま首の後ろをつまんで、ハチさんを移動させる。

「佳奈子さぁーん？　お宅の息子さん、猫ちゃんに暴力を振るおうとしてはるでー？」

「いや、母さんにはハチさんの声、聞こえないから」

わちゃわちゃ暴れるハチさんを、キャットフードが入った皿のところへ連れていった。

ほんまにもう、とぶつくさ文句を言いながら、ハチさんは猫用ごはんにがっついている。その背中を撫でながら、外の様子をうかがう。

穏やかな話し声だけが、ずっと聞こえている。立ち話は、まだ終わりそうにないようだ。

ぼくは今回の件で少し思った。

友達はいくつになっても友達で、その友達に会いに行くのに、理由なんていらないのだ、と。

4話　祇園の夕暮れ

期末テストへの気だるさと夏休みへの期待が徐々に高まりはじめる七月に入った。とはいえ、まだまだ梅雨は明けないらしく、今週はずっと曇りと雨を繰り返している。

「クーラー、温度微妙じゃね？」

一緒に教室で弁当を食べながら、池野屋くんは、生ぬるい風を吐き出すエアコンを見上げた。

それについては、ぼくも同感だ。

温度設定、何度なんだろう。

行動派の池野屋くんは、さっそく設定温度を確認して戻ってきた。

「二十七度だって。暑すぎ。しかもなんか、教室でイジれないようになってるし」

「ということは、ずっとこの生ぬるい気温で過ごさないといけないわけだ」

窓開けよう、と池野屋くんは締め切った窓を開ける。

「そういや、ジョーくん。この前別棟のほうから出てきたのを見たけど、なんか用事？」

びくん、と思わず反応してしまう。

　別棟というのは、旧校舎——旧というほど古くはない——の特別教室棟のことを言う。

　たぶん、花子さんのところに行った帰りだろう。

「ああ、ちょっと先生に用具を返してきてほしいって頼まれて」

「なるほど」

　そいつは災難だったな、と池野屋くん。

「のーやんが、別棟のほうにいるなんて、珍しいね」

「それなんだけど、近くにちっちゃいけど門があるだろ？　そこで一年の女子が何かをずっと待ってるから気になって見てたら、ジョーくんが別棟から出てきたってわけ」

　ぼくたちの学校には、正門の他に三つの門がある。池野屋くんが言った門というのはそのひとつだ。

「それでな」

　と、内緒話をするように池野屋くんは顔を近づけてくる。

「その前も、この前も、やっぱり同じ場所でずっとずっと待ってるんだよ」

「それはただ、付き合ってる彼氏か友達の部活が終わるのを待ってるんじゃないの?」

「雨の日もだぞ? それに、普通、部活何時に終わるからその門で待ち合わせしようって話になんない?」

「言われてみれば」

「で、結局、誰とも合流せずに帰っていったんだ。変だろ?」

確かに変だけど、誰かを待って待ちぼうけを食らった、ということなんだろう。

その女子は、隣のクラスの加治木《かじき》さんだと池野屋くんは教えてくれた。

「のーやんはどうして、加治木さんがずっとずっと待ってるってわかるの?」

「あそこって、美術室から見えるんだよ」

意外なことに、テニスやらバドミントンやら体験入部を繰り返した池野屋くんは、美術部に入った。何が目的なのか、いまだに謎だ。

「そうなの?」

うんうん、と池野屋くんはうなずく。何時に帰るかとか誰が来るかとか、そういうのを話題にしていたらしい。

「オレの予想。好きな人にラブレターを書いた。けど場所を指定したはいいが、何日の放課後か書き忘れてしまった。だから、次の日もその次の日も待ってる。どうよ。オレの推理」

「ラブレターを書いたってことは、相手のクラスや下駄箱の位置とかは知ってるってことでしょ。日付を書き忘れたことに気づいたんなら、どうしてまた手紙を出さなかったの？」

「そ、それは……」

「それに、美術室から見える場所を、そういう告白の場所には選ばないんじゃないかな」

「何だよ、ジョーくん。オレの推理に水差しやがって。じゃあ、ジョーくんはどう考えるよ？」

「そんなのわかんないよ」

「つまんねえやつだなー。なんか答えないと話が盛り上がらねえだろう」

「そんなこと言われても」

　こういうわからないことがあると、すぐ花子さんに頼りたくなってしまうのは、ぼくの悪い癖なんだろう。ぼくもすこし考えてみよう。

「そうだな……。好きな人を呼び出したんじゃなくて、恋人を待ってる、とか」

「ほう？　結局待ちぼうけを食らって帰ってるってこと？」

「ううん。来てるんだよ。けど美術室からは見えない。たとえば、学校の外から来た人だったら、見えないんじゃない？　待ち人が遠目で確認できたから、加治木さんは学校から出ていっている」

「それなら不自然じゃない……。でも、どうしてずっと待ってるんだよ。さっき、オレが言っただろ。携帯で連絡を取れれば、ずっと待つ必要はない」

「待ち人が例えば、ぼくたちみたいな高校生じゃなかったとしたら、どうかな。ある程度、学校に行ける時間はわかるけど、それは絶対じゃない。遅くなるかもしれないし、早くなるかもしれない——例えば、違う学校の生徒で、部活とかしてたりしたら——」

「おお、ジョーくんパねえ！　それっぽい！」

ふふん。花子さん直伝（？）の推理だ。

ぼくがドヤ顔をしていると、「正解を聞きに行こうぜ」と池野屋くんが席を立った。

「だったら、最初からそうしようよ」

「頭から答え聞いたんじゃ面白くねえだろ？」

にしし、と笑って、池野屋くんは教室を出ていく。

ぼくもあとについていくと、隣の教室の入口で、加治木さんを呼んだ。

「おーい、加治木。ちょっといい？」

「仲いいの？」

「それほど仲良くないけど、中学一緒なんだ。変わったところがあるけど、悪いやつじゃないよ」

なるほど。それで美術室からでも誰かわかったのか。

加治木さんらしき人が怪訝《けげん》な顔をしながらこっちにやってきた。思ったより小柄だ。胸元まである黒髪はストレートで、すごくサラサラしている。サラサラ具合は、花子さんといい勝負だ。

「池野屋、久しぶりー。何、急に」

加治木さんはぼくを一瞥して池野屋くんに目を戻す。

「加治木、放課後誰か待ってる？　別棟のところにある小門のところで」

「え」

意表を突かれたような驚き方をする加治木さん。

「あそこ、美術室から見えるんだ。知らなかった？」

「知ってたけど……どうして？」

おほん、と池野屋くんがもったいぶるように、咳払いをする。

「オレの推理と、こっちのジョーくんの推理、どっちが当たってるか聞いてほしい」

ますますわけがわからなさそうな加治木さんは、黙って池野屋くんの話を聞いていた。

「どっちも違う」

「ジョーくん、違うじゃん」

と、ぼくを振り返った。

「絶対そうだ、なんて言ってないでしょ」

「まあな。んで、加治木、正解を教えてくれ。誰待ってんの？　付き合ってる人とか、好きな人とか？」

「何でそんなこと言わないといけないの。想像にお任せします」

くるん、と加治木さんが踵《きびす》を返すと、そこでチャイムが鳴った。

「ジョーくん、オレわかっちまったわ」

「何？」

「オレたちに言えないようなヤツを待ってんだよ、加治木は」

「ぼくたちに言えないような人？　誰？」

「支援してくれる……金のある『お父さん』的な」

「のーやん、それ、絶対ぶっ飛ばされるから言わないほうがいいと思うよ」

「想像にお任せするってことは、そういうことだろ」

「いや違うわ。想像に任せるイコールエロいことっていう図式どうにかしろよ」

やっべえわ、オレの閃きやべえわ、とうわ言のようにつぶやく池野屋くんを引きずりながら、ぼくは教室へ戻っていった。

池野屋くんが強く『お父さん』説を提唱するから、ぼくも何だか気になってしまった。

位置からして、小門は花子さんのトイレからも見える。

放課後、ぼくは別棟三階最奥のトイレへやってきた。花子さんのいる個室を素通りし、窓を開ける。

キュルキュル、と耳障りな音を立てた窓を全開にすると、そこからは住宅や背の低いマンションが見えた。

「…………」

あやかしの気配はするけど、物音は聞こえない。今日もマンガを読みふけっているらしく、花子さんは黙ったままだ。

顔を出して左をむけば、例の小門があり加治木さんがいるのが見えた。

カジュアルなリュックを背負って手にはビニール傘を持っている。

あっちを見たり、こっちを見たり、と落ち着きがない。

池野屋くんが美術室から見えているって言ったばかりなのに、全然気にしないらしい。

ときどき携帯で時間を確認しては、退屈そうにビニール傘の先で地面をなぞっている。

誰かを待っていると言われれば、確かにそうなんだろう。

「でも、誰を待ってるんだろう」

置いていた椅子に座って、それからぼくは加治木さんの様子を見守った。

池野屋くんが言ったように、ずっと小門の内側にいて、きょろきょろとあたりに目をやっている。

すると、木陰からぼうっとした輪郭の何かが彼女を見つめていることに気づいた。

あやかしだ。

すぐ真後ろにいるけど、何か危害を加えるつもりはなく、木陰でじっとしている。

ほっとぼくは胸を撫で下ろした。

加治木さんは、それからも待ち続け、待ち人が来ないのを気にしたふうもなく、夕方の六時頃に小門を出た。

ぼくの推理は、誰かが来たことに気づいたから帰ったというものだけど、言われた通りハズレで、誰かと合流することはなかった。

池野屋くん曰く、もう一週間近くああしているそうだ。

ぼくは加治木さんのあとを追うべく、急いで学校を飛び出し、自転車にまたがった。

　去った方角へハンドルを切り、ペダルを漕ぐ。すぐに彼女の背中が見えた。

「加治木さん」

　声をかけると、足を止めてこっちを振り返ってくれた。

「ああ、池野屋の友達の」

　ちゃんと自己紹介をしてなかったことを思い出し、名前を教えた。ぼくは自転車を降りて隣に並んだ。

「新城くん、まだ何かあるの？」

　直球に訊いても、きっとご想像にお任せしますって言われるだろう。

「帰り道がこっちで、たまたま見かけたから」

　そう濁して、簡単な世間話をした。

　加治木さんは見ての通り部活はしておらず、電車で学校まで通学しているそうだ。

　別に加治木さんのことは放っておけばいいのかもしれないけど、池野屋くんに推理させられたせいで、正解がなんなのか気になる。

　どう聞き出せばいいんだろう。

　ふと目を足元にむけると、ささ、と手のひらサイズの人型のあやかしが、ぼくと加治木さんの間を走りぬけた。

「ひゃあ」

加治木さんが悲鳴を上げて、飛びのいた。

「大丈夫だよ、加治木さん。今のは……」

あれ？

走り抜けたのは、何も野良猫や鼠だったわけじゃない。

あやかしだ。

ぼくが真顔で見るもんだから、加治木さんがしまった、という表情をする。

「ごめん、何でもない。なんか、虫が足元にいて」

「加治木さんも……視えるの？　さっきの小人が……」

「も、ってことは、新城くんも……？」

ぼくは何度もうなずいた。

「これは、内緒にしてほしいんだけど」

ぼくはさらに詳しく自己紹介をした。新城家という陰陽師の家系で、あやかしが視えてしまう血筋なのだ、と。

「そうなんだ。私は、もうはっきりと視えなくて、気配だけは感じられるの。私も、これは内緒ね」

安心したような笑顔で、加治木さんは唇の前で人差し指を立てる。

学校の知り合いで、はじめて視える人に出会った。

「もう、ってことは、前は視えたんだ？」

「うん。高校に入学すると、色々と忙しくなるでしょ。それで、最近全然そういうのを視かけないなってふと気づいて。うっすらと気配は感じるんだけど」

ハチさんが以前言っていた。

あやかしを視る力は、子供のほうが強いと。

大人になればなるほど、どんどん常識や先入観が勝り、実際視界に捉えていても、脳がその通り認識しなくなるそうだ。

加治木さんを駅まで送る間、ずっとその手の話で盛り上がった。昔、こういうことを経験したよ、という『あやかし視えるあるある』を話した。

「いいなあ、新城くん。猫ちゃんがしゃべるなんて」

「構って構ってって、ちょっとうるさいときもあるけどね」

いや、ちょっとどころじゃないかもしれない。

「私もね、最近まであったよ。お兄さんのあやかし。ちょっとイケメンなんだ。ちっちゃいときに行ったお祭りで、迷子になったところを助けてくれたり、財布を落として泣きそうだったとき、落とした場所を教えてくれたり」

「いいあやかしなんだ」

「うん。いたずらとかしない良いあやかし。祇園祭りのときに出会ったから、私は祇園さんって呼んでる」

祇園祭りは、夏の風物詩とも呼ばれるほど大規模なお祭りだ。府外や国外から観客がたくさんやってくるので、八坂神社《やさかじんじゃ》や四条通《しじょうどおり》は人で毎年ごった返している。

人ごみに押し潰されそうになったり、迷子になった経験があるぼくとしては、正直、あまりいい思い出はない。

もしかして、とぼくは思ったことを口にした。

「加治木さんが待っているのって」

ぼくの予想は当たったらしく、加治木さんはうなずいた。

「内緒だよ。祇園さんの気配はわかるから、物静かな場所にいれば、来たかどうかがわかると思って」

そんなことをしなくても、ほんの二、三か月前までは視れていたんだろう。

どうりで、言えないはずだ。視えなくなってしまったあやかしの気配を探ってる、なんて話すことはできない。

美術室から見られていることを気にしないのも納得だ。

「視えないことに気づいたら、祇園さんに会いたくなっちゃって」

以前は二日に一度くらいは、姿が視えたらしい。

だから寂しいんだろう。いつもそこにいたはずの存在が感じられなくなって。あやかしが視えなくなるときは、それくらいあっさり視えなくなるのかもしれない。

翌日も、加治木さんは放課後になると小門のそばで祇園さんを待った。けど結果は同じだった。

週が明けた月曜日、朝一番にぼくは花子さんのトイレへむかった。

「花子さん、花子さん。ちょっと困った話と、かなり困った話。どっちから聞きたいですか？」

「私は君の困った話に興味はないし関係もないから、会話そのものを拒否させてもらうことにするよ」

そんなぁ、とぼくはまたトイレの個室をノックする。

「ちょっと困った話は、花子さんにも関係するんです」

ほんの少し興味を示したらしく、扉越しに声が返ってきた。

「かなり困ったほうは？」

「ええっと……関係ないです」

「じゃあ結構だ。さっさと登校したまえ。まだならマンガを買って持ってくるんだよ。それでは、よい一日を」

扉のむこうでは、女優みたいに綺麗な顔でとても良い笑顔をしているんだろう。

「そのマンガを持って来られないんです！」

勢いよく扉が開いて、顔面に扉がつぶかる。反動でもう一度扉が閉まってしまった。

「ったぁ……。だから、急に開けないでくださいよ」

「君、さっき何と言った」

今度は普通に開けた花子さん。

「だから、マンガを持って来られないと」

「何故だ」

真顔だった。これ以上ないくらいの真顔だった。

「ちょっと色々あって、お金がなくなりました」

「じゃあ君、ワイファイとタブレットを用意してくれ」

この人、電子で読むつもりだ。

「それが出来るのなら何も文句は言うまい」

「そんなのが用意できるんなら、普通に買ってきますよ」

ワイファイとかタブレットを知ってるんだ……花子さん、デジタルいけるクチなんだ。

ハチさんは横文字さっぱりダメなのに。猫だからか？

「ええっと、来月のお小遣いがもらえるまで、あと十五日あります」

「……ということは、私は来週分と再来週分を読めないということか」

深刻な顔だった。これ以上ないくらい深刻な顔だった。

「ぼくだって読めないんですからね」

「まったく。君は何をしているんだい。自分の役割というものをきちんと把握していないからこういった事態を招くのだろう。なるほど、これが『かなり困った話』か」

「これは『ちょっと困った話』です」

「価値観のズレを感じざるを得ないね」

「まったくです」

「五百円ぽっち、誰かから都合がつかないのかい？　ああ、そうか。だから困っているのか。友達少ないから」

「ほっといてください」

五百円ぽっちと言うけど、バイトも何もしていない高校生の五百円ってのは、大人の五千円に相当するとぼくは思う。

「ということは、だ。私は君の『かなり困った話』というのを聞いても、助言はしなくてもいい、ということになる。元々、そういう約束だったたからね」

ふふん、と鼻を鳴らしてぼくを困らそうとする花子さん。マンガが読めないと自分だって困るくせに。

しかし、それは想定内。

ぼくだって、丸腰でこのトイレにやってきたわけではない。

「ぼくが貸すマンガは、別に週刊誌に限った話じゃないはずです。そういった細かな条件はひとつも決めていませんし。だから、買えない代わりに、ぼくが集めている単行本をいくつか花子さんに貸します。それで条件は満たされるはずです」

「君、私がマンガなら何でも喜ぶと思ったら大間違いだよ？」

「『死神のパラドクス』。通称しにパラ」

「む」

小さく花子さんの眉が動く。

しにパラは、魔界からやってきた見習い死神が、死を司る神になるため、主人公とともに奮闘していくというマンガだ。笑いあり、涙あり、熱いバトルありの人気作だ。

「花子さん、読みはじめたのは途中からでしょう？　ぼくは『しにパラ』の単行本、一巻からきちんと最新刊の十六巻まで揃えているんです。二週分買ってこられない代わりに、それをお貸しします」

ぼくは知っている。花子さんは、いつも最初にそれを読むというのを。かなり気に入っている証拠だ。

こほん、と花子さんは小さく咳払いした。

「君がさっき言った『かなり困った話』というのは？　私でいいのなら、知恵を貸すよ？」

交渉成立ということでいいようだ。

ぼくは隅に置いている椅子をひっぱり出し、むかいに座る。

「先週何やらここに何度も来ては、ぶつぶつ独り言を言っていたけど、あれと関係することかい？」

「はい。そのことで、相談があるんです」

「そこから見える門で待ちぼうけを食らっている加治木女子のことかい？」

「え。何でわかるんですか？」

「独り言はよしたほうがいいよ。君は頭の中で益体《やくたい》のないことを考えているのだろうけれど、それが口から出てしまっている」

ぼくがぶつぶつ言っていた独り言で、たいていのことは予想ができたらしい。

「とはいえ、すべてを知っているわけではない。君の時間が許す限り聞いてあげよう」

「機嫌がいいですね」

「マンガを色々と読ませてくれるらしいからね。もしかして君は、自分と会う日だから私の機嫌がいいとでも思ったのかい?」

「そんな自信過剰にはなれないですよ」

苦笑すると、ぼくは加治木さんの事情をぼくが知る限りを花子さんに話した。

「ふうん。視えなくなったあやかしに会いたい、か」

「はい。付き合いの長かったあやかしらしく、もう一度会いたいそうです。何か方法ってありますか?」

「あるけれど……そのあやかしがどこにいるかわからなければ、結局会うこともできないだろうに」

「それは、そうなんですけど……」

「君が気にすることではないよ。もう一週間もすれば、加治木女子は、もう会えないことを悟って諦めるだろう。そんなものだよ、人とあやかしなんてものは」

「そんなぁ。会う方法があるのなら、会わせてあげたいです」

「君の考えがそうなら、そうしてあげるといい。私からは以上だ。よい一週間を」

女優みたいに綺麗な顔に笑みを浮かべ、花子さんは手を振った。

……毎回見惚れてしまうから困る。

ぼうっとしている間に、花子さんは扉を閉めてしまった。

「あ。まだ相談は終わってないですよ」

「早く登校しないと遅刻するよ。さっさと教室にむかいたまえ」

それからぼくが何を言っても、返事は何もなかった。

祇園さんを連れてくるか、居場所がわかれば会う方法を教えてくれるかもしれない。

ぼくは授業の合間の一〇分休憩中に、教室にいた加治木さんを訪ねた。

「祇園さんのこと？」

「教えてほしいんだ。どんな……『人』だったのか」

誰に聞かれているかわからないから、ここは便宜上『人』としておいた。

「ちょっと細くて背の高い、イケメン風なお兄さんだよ」

「イケメン風なお兄さんか……そんな『人』だと人に紛れて余計にわかりにくいかもね」

「もしかして、探そうとしてくれてる？」

「まあ、そんなところ」

「暇だね、新城くんって」

ちょっとぼくをチクっと刺すようなことを言って、加治木さんは笑った。

「けど、ありがとう」

残念ながらそこで時間が来てしまい、続きは放課後、小門のところで祇園さんを待ちながら話すことにした。

「ジョーくん、何、加治木のこと気に入ったの?」

教室に帰るなり、池野屋くんに茶化された。もちろん違うって言ったけど、きっと放課後、二人でいるところを美術室から見るんだろう。

明日もきっと茶化されるに違いない。

放課後、授業が終わったぼくが小門に行くと、すでに加治木さんはいて、ぼくを見つけて手を振った。

「授業お疲れ様」

「うん、お疲れ様」

さっそく本題に入り、加治木さんは祇園さんのことを教えてくれた。

「最初に会ったのは、前言った通り祇園祭のとき。四つのときだったかな。お父さんとはぐれて、迷子になってたの。祇園祭って一帯で屋台が出てるから、どこがどうってわかりにくいじゃん」

ぼくにも覚えがある。迷子になっていると、たまたま遊び歩いていたハチさんと出くわし、家まで送ってもらったのだ。

「それで、どんどん心細くなっていって、変なあやかしもいっぱい見かけるし、怖くなって泣きながら歩いていたら、祇園さんが現れて『大丈夫大丈夫、実乃梨《みのり》ちゃん、こっちだよ』ってお父さんのいる場所を教えてくれたんだ」

今思えば、いいあやかしでよかった。そういう手口で子供を連れ去るあやかしもいるとジイちゃんが言っていた。

それから、祇園さんは、実乃梨ちゃんこと加治木さんがピンチになると、必ず現れて助けてくれたそうだ。

「私の初恋の相手だったりして。会話をしたことは一回もないんだけど」

「ぼくが加治木さんでも、好きになったと思うよ」

「でしょ？」

と、加治木さんは楽しそうに笑った。

今日も木の陰から、ぼんやりとしたあやかしが、こっちを見ている。加治木さんは気づいているのか気づいていないのか、特に何も言わない。

だから、ぼくも何も言わないことにした。もし知ればきっと不気味に思うだろうから。いたずらに怖がらせるのはよくないだろうし。

「祇園さんは、何者なんだろうね。イケメンでピンチに駆けつけるいいあやかしだっていうのはわかったけど」

花子さんに相談したときは、『判断材料が少なすぎる。それだけでは何もわからないよ』とのことだった。

「守り神か何かなのかなって、私は思ってたけど」

「え？　どうして守り神だと思うの？」

「最初に会った日、八坂神社にお神輿《みこし》を見にいった帰りだったから」

「あ、だから神様がついてきて守ってくれた、と」

「うん。そうかなって思ったけど、それからずっとだから違うかも。そのとき、お父さんに買ってもらったお守りがあるんだけど……」

加治木さんがリュックの中をごそごそと手探りで漁るけど、見つからないらしい。他のポケットも調べたけど、やっぱり見つからなかった。

「どっかで落としちゃったのかなぁ。大事にしてたのに。ショック」

「加治木さんのお父さんは、視える人？」

「ううん。全然。私だけだよ、家族で視えたのは。昔視えていたっていう話も聞かないし」

それなら、加治木さんのお父さんは関係なさそうだ。

家族の誰もが視えないということを知ってから、加治木さんは今視えているそれが特別な何かだということに、幼いながら気づいたそうだ。

自分にだけ視える、人じゃない何か。

そう理解してから、あやかしを目にしても、誰かに視えたことを報告するのはやめたそうだ。

話を聞いていくうちに、もう近くに祇園さんはいないんじゃないだろうかと思いはじめた。けど、さすがに口にすることはできなかった。

やっぱり今日も、祇園さんは加治木さんの前に姿を現すことはなかった。

今日はここで別れることになり、加治木さんは駅へと歩いていく。

横目でちらっと木陰のあやかしを視たけど、やっぱりぼんやりとした輪郭でそこに佇んでいた。

駐輪場の自転車を取りに行こうと近くを横切ると、木のそばに古いお守りが落ちていた。

加治木さんのかな。

拾ってみると、刺繍《ししゅう》がところどころほつれていて、綺麗とは言い難い。

加治木さんの姿はもう見えない。明日渡すことにして、ぼくはお守りをズボンのポケットにしまった。

駐輪場へむかい、自転車を跨ったときに気づいた。

あの、ぼんやりした輪郭のあやかしがぼくについてきている。

物を気に入ってしまい、それに取《と》り憑《つ》くあやかしは確かにいる。

きっとその類いだろう。

警戒しながらぼくが後ずさりすると、離れようとした分、距離を詰めてくる。

ちょっと怖い。

お守りを置いて離れると、その場にとどまりぼくについてくることはなかった。

このお守りが加治木さんの物だとすると、このあやかしは、ずっと加治木さんについて回っていたことになる。

似たような話を、ぼくはさっき加治木さんから聞いたばかりだ。

けど……あのあやかしと加治木さんの話では全然容姿が違う。

「聞いてみよう、かな」

もしかすると、もしかするかもしれない。

ぼくは再び校舎に戻り、花子さんのトイレへと急いだ。

「花子さん！　もしかすると見つかったかもしれません！」

トイレに飛び込み、個室の前でぼくは息を切らしながら言った。

「なんだい、騒々しい」

うるさそうな声がすると、思いきり扉が開く。油断していたせいでまた鼻を強打した。

「いったぁ……だから、何で全力で扉を開けるんですか……」

「君も学習しないね。私が全力で扉を開けるとわかっていてそこにいるんだから。おかしな趣味でもあるのかい？」

くそ。いつもは当たらない場所にいるのに、今は言いわけできない。

「そんなのないです。そんなことよりも、見つかったかもしれません。でも引っかかる部分もあるんです」

「そう答えを急くものでもないだろうに。落ち着きたまえ。いつものように椅子に座り、順番に話を」

「あ、はい」

椅子を引っ張ってきて座ると、花子さんがいつものように、優雅に手のひらを差し向けてくる。ぼくは、お守りとそれに憑いているあやかしについて、花子さんに説明した。

「お守りに憑いている、か……。うん、その予想は当たっているよ、孝春クン」

天晴れだ、と言わんばかりの麗しの笑顔だった。

「あ、やっぱり、じゃああれが祇園さんだったんだ」

明日、加治木さんに教えないと。

「花子さん、いつもはぼくのことを『君』って呼ぶのに、どうして名前をいきなり？」

「君なりに、きちんと考えてその答えに行き着いたんだろう？　その頭脳と行動に、私なりの敬意を示したのだよ。リスペクトというやつだ」

「あ、ありがとうございます。何だかくすぐったいですね」

「しかし、よくわかったね」

「はい。加治木さんが、いつでもどこでも困ったときに助けてくれる、というところと、大事にしていたお守りで、そうなんじゃないかなって」

花子さんに褒められると、なんだかすごく嬉しい。けど、花子さんは、ぼくの回答に拍子抜けしたのか、じいっとこっちを見ている。

続きをどうぞ、とまた手を優雅に差し向けてくる。

「え。以上ですけど……」

「それだけ？」

「はい。それだけです」

「三〇点」

「えー」

「一億点満点中、三〇点。一〇〇点満点にすれば、そんな回答は存在しないことになる」

花子さんは、歌うようにぼくの回答を全否定した。

「なんで！」

あのねえ、と呆れたように花子さんは頬杖をつく。

「数学の問題で、回答に至るまでの計算式がさっぱり違うのに、出てきた答えは正解。これは果たして、問題を解いたということになるのかな？」

「いえ……なりません」

よければ三角で答案を返される。

「そういうことだよ。まあいいさ。私好みの美しい回答ではないにせよ、当てることはできた。それに、君の解決したい問題は、二人を会わせてあげることにあるのだから、これ以上は何も言わないでおこう」

釈然としないけど、ともかく、あのぼんやりしたあやかしが、祇園さんであるということに間違いはないようだ。

「花子さんは、二人を会わせてあげる方法はあるって言っていましたよね？　その方法を教えてください」

「それで君の気が済むというのなら、いいだろう——」

翌日の放課後、花子さんに再会の方法を教えてもらったぼくは、加治木さんとバスに乗って八坂神社にむかっていた。

拾ったお守りは返しているため、もやもやしたあやかしこと祇園さんは、今は加治木さんのそばにいる。

けど、本当に会えるんだろうか。

加治木さんには会えると伝えたけど、もやもやした姿じゃ、結局祇園さんかどうかはわからないんじゃないだろうか。

「今も、いる……？」

シートの窓側に座った加治木さんがそっと尋ねた。

「うん。いるよ」

もやもやした祇園さんは、通路にずっと佇んでいる。

言われてみれば、ぼくの出した答えは正しいだけで、矛盾点がいっぱいあった。視えなくなったとはいえ、加治木さんは気配を感じられる。だからああして、放課後祇園さんの気配をずっと探っていた。

けど、その祇園さんは、ずっとそばの木陰にいた。

加治木さんは、それは一切わからなかったという。だから、ぼくがここにいると言っても、不思議そうな顔しかしない。

「やっぱり私、祇園さんの気配もわからないくらい力が落ちちゃったのかな」

「そんなことないよ」

とは言ったものの、いまだにどうして加治木さんが祇園さんの気配が察知できないのか、ぼくにはさっぱりわからない。

だから、根拠のない上辺だけの慰めになってしまった。

他のあやかしの気配は感じ取っているのに、どうして祇園さんだけこうなんだろう。加治木さんが視える人だとわかってから今までで、力が落ちたようには思えない。

それには、祇園さんの容姿が関係していると思う。たぶん。

もしかすると、ぼくにだけこう視えているのかもしれないし、逆に加治木さんにだけイケメンに視えるのかもしれない。これに関しても、ぼくはどうしてこうなのか、何の推理も根拠も示せない。

なるほど、花子さんがぼくの回答を三〇点としたのもうなずける。

花子さんは全部わかったから、ぼくの回答を蹴ったんだろう。

けど、どうして八坂神社なんだろう。

お守りを買ってもらった場所だから？

ぼくは花子さんにこう説明された。

『黄昏時の八坂神社に行くといい……日の入りまでの数分間、西日が当たると少しの力を持っている者なら、目にすることができる。なるべく早くそうしたほうがいい、と忠告しておこう』

イケメンあやかしを祇園さんと呼んでいるから？　八坂神社も『祇園さん』という愛称があってふたつが掛かっているから視える、とか……？

もう、さっぱりだ。

「祇園祭……そっか、もうそんな時期なんだ」

揺れるバスの中で、加治木さんが窓の外を見てつぶやく。

まだ四条通が歩行者天国になることも、山鉾《やまぼこ》と呼ばれる豪奢な山車《だし》が巡行することもない。

七月中お祭りをしているといっても、七月の初旬はまだ儀式祭礼の面が強く、盛り上がるのはこれからだ。

「そういえば、神輿を見に行ったたって言ってたよね」

「うん。四歳のときだったから、もうあんまり覚えてないんだけど。確かに、お父さんがお神輿だって言ってたから」

「ぼくも連れていってもらったことがあるけど、うんざりするくらい人多いもんね」

「そうそう。騒がしいし、府外から人がたくさん来るから、お祭りとそれほど関係のない人たちは結構冷ややかだったりして」

ジイちゃんがそのクチだ。

『遠いとこから毎年毎年飽きもせんと、ぎょうさん来てはるわ』

こんな具合で、生粋《きっすい》の京都人らしい皮肉を言うのである。

四条通を中心に大騒ぎになるから、あやかしもそれに乗じて悪さをしようと活動的になる。その対応に追われるからうんざりしているのもあるようだ。

「新城くんちのおじいちゃん、面白いね」

「毎年毎年ああだから、飽き飽きしているみたい」

「迷子になったのがちょっとトラウマで、それ以来、私行ってないんだけど、もう大丈夫かも」

「ぼくも実は、その一回しか行ったことない。池野屋くんも誘って、行ってみない？」

さらっと言うと、

「うん、いいね。行こう」

からりとした口調で返事があった。

池野屋くんのいないところで、彼を巻き込んであっさり遊ぶ約束をしてしまった。

へ、変な勘違いされてないだろうか。

「高校生にもなれば、それはそれで楽しいかなって思って。ノリというか、勢いで誘っちゃったんだけど……」

「うん、わかるよ。今の話の流れだと、そうなるよね。言われなかったら、私から誘ってたかも。もう大人の大きな体にもみくちゃにされることもないだろうし、携帯あるから迷子になっても大丈夫だしね」

にこりと加治木さんは笑う。

ほう、とぼくはおかしな勘違いをされなかったことに、胸を撫で下ろした。

目的地最寄りのバス停『祇園』が近づき、三〇分ほどのバスの旅が終わる。

時刻は、五時半を回っていた。

日が沈むまでの数分だから、まだまだ時間はある。

花子さんは黄昏時と言ったけど、それは薄暗くなる時間帯のことを言ったようだった。携帯で日の入り時刻を調べると、この季節の京都は、十九時十四分頃。

幸い晴れているため、西日を受けることに苦労はしないで済みそうだ。

近くのカフェで簡単な軽食をとって、雑談をしながら一時間ほど時間を潰した。

途中、デートっぽいと気づいたぼくは、妙に緊張してしまい口数が激減した。

加治木さんは加治木さんで、祇園さんと再会の時間が近づいているからか、次第に緊張していき、こちらも口数が減っていった。

祇園さんが話すことができて、ぼくに何かを語りかけてくれるのなら、通訳して伝えてあげられるのだけど、無言の祇園さんは相変わらずもやもやしていて、加治木さんのそばに佇んでいるだけだった。

時間が近づき店を出て、八坂神社の西楼門をくぐり境内へ入る。

傾いた日差しは濃い橙色で目につくものをすべて染め上げていた。

場所の指定はなかったので、日の当たりやすい場所を選び、ぼくたちは無言のままそのときを待った。

「私でも、会えるかな」

「大丈夫だよ、きっと」

ぼくは花子さんを信じることしかできないけど、あのマンガ好きなあやかしは、あやかしのことなら何でも知っている。

だから大丈夫。

次第に日が沈みはじめ、薄暗くなってきた。

それと同時に、佇んでいた祇園さんのもやもやが、徐々に晴れていく。

ぼんやりとした輪郭が、はっきりとした描線《びょうせん》となった。

隣で加治木さんの息を呑む音が聞こえる。もやもやしていたそれはなくなり、若い男が姿を現した。

短髪で着流しの和服を着ている。

薄い面立ちは確かに端正で、十人中十人がイケメンと評価するだろう。

ぼくは、涙を浮かべて言葉を失くしている加治木さんを促した。

「加治木さん、日が完全に沈むまでの時間だから」

「う、うん」

二人きりにするため離れると、加治木さんが話しはじめた。

「今まで、ずっとずっと、私を守ってくれたの？」

話しかけても、祇園さんは何も言わず穏やかな表情で見守っている。境内が静かだから、声がはっきりと聞こえた。

「視えなくなってから、すごく寂しかった。でも、それでもそばにいてくれたんだよね」

祇園さんが顎を小さく引いた。

「どこのお兄さんだろうって、ちっちゃい頃にずっと思ってて、話しかけても全部無視したでしょう？　あれは、ちょっとだけムカついた。私たちとはしゃべれないだけなんだよね、きっと」

暗くなるにつれて、祇園さんの姿が、ぼくでもどんどん視づらくなっていく。

うっすらと、姿が溶けているような……。気配もどんどん小さくなっていた。

『なるべく早くそうしたほうがいい』

昨日言われた花子さんの忠告が脳裏をよぎる。

祇園さんがいなくなってしまうことが、花子さんにはわかっていたんだ。

視えたはずの姿は、今加治木さんには、もう視えてないのかもしれない。

「私……あなたにお礼が言いたくて。迷子にももうならないし、お財布も落とさない。転んだくらいで泣いたりもしない」

手のひらで目元を抑えて、震える涙声でお礼を言った。

「……ありがとう。あなたのおかげで、私は、幸せに過ごせたよ。今までありがとう」

祇園さんが、手を伸ばす。

泣いている加治木さんを慰めるように、頭に手をのせて何度か撫でた。


さようなら。


風や木々の葉擦れの重なり合った音だったけど、ぼくにはそう聞こえた。

「うん、じゃあね」

祇園さんがそれを聞いて微笑んだ。それから、空気に混ざるようにして、祇園さんはいなくなった。

涙で頬を濡らす加治木さんには、祇園さんの最後の笑顔は視えただろうか。

しばらく加治木さんは、喉をしゃくりあげて泣いていた。

あとでお守りを見てみると、古くなったせいか、それとも別の原因があるのか、お守りの紐が切れていた。


「色々とわからないことが多いんです。花子さん。教えてください」

翌日の放課後、ぼくは花子さんの前に座っていた。

魅惑的な脚を組んだまま、花子さんは腿の上にのせたマンガをめくっている。

「君が出した回答が、どれほど意味のない回答だったかもわからなかったかい？」

「それは……わかりましたよ。意地悪言わないでください」

くすくす、と品よく笑った花子さんは、マンガを閉じた。

「すまない。イジめるつもりはなかったんだ。君がどれだけ愚かな思考回路をしていたのか理解してもらえたのなら重畳《ちょうじょう》だ」

「そこまでは理解してない！　なんですか、愚かな思考回路って。理解したら悲しいでしょう」

語弊《ごへい》ありまくりの花子さんの発言に反抗しておく。

「答えの導き方をさっぱり知らなかったということは、理解しました」

「算数をはじめて解いた子供のような可愛いリアクションをしていたね、君は。そんな子供相手に私も大人げなかったよ」

謝っているつもりなんだろうけど、ついでにぼくを貶しているから、素直に謝っているようには全然思えない。

「さて、君で遊んだところで本題に移ろう」

「ぼくで遊ぶの、やめてもらっていいですか」

ぼくと遊ぶ、じゃなくて、ぼくで遊ぶ――ぼくのことをオモチャか何かだと思っているらしい。

今にはじまったことじゃないので、もう何も言わないでおこう。

「それで、何がわからないんだい？」

「えと、まずは、祇園さんは、あやかしだったんですよね？　加治木さんは守り神みたいな存在だって言っていましたけど」

ああ、そこからか、と花子さんは、すらすらと説明をする。

「あれはね、『守他人《もりびと》』と呼ばれる類いのあやかしだよ。間違っても神様ではない。

特別な条件下で、媒介としている物に宿り、所有者をその名の通り守るんだ。君たちニンゲンからすれば、守ってくれるのなら、あやかしも神様の一人になってしまうのだろうけれどね」

「媒介としている物……。あ、お守りのことですか？」

「今回のケースでいうと、それで間違いない」

祇園祭のときに出会い、それ以降加治木さんは、祇園さんをよく見かけることになった。

媒介としたお守りを大切に持ち歩いていたからだろう。

「別れ際の『守他人』の様子はどうだった？」

「別れ際？　笑っていました」

「それなら、ずいぶんと媒介を大切にしていたんだろうね」

「はい。お父さんに祇園祭のときに買ってもらったそうなんです」

「四歳のときだろう？」

あれ。ぼく、そのことはまだ花子さんに話してない。

当たりだろう、と花子さんはニンマリした顔をしている。

「はい。四歳のときだって、昨日加治木さんが」

「『守他人』は干支一回りするといなくなってしまうからね」

「あ、それで忠告してくれたんですか」

「私としては、別に『守他人』がひっそりといなくなろうと、なんだろうと構わないのだけれど、君が加治木女子に会わせてあげたい、と言うから忠告したまでだ。しかし、会えたようで何よりだったじゃないか」

なるほど。

祇園さん――『守他人』のことについてはわかった。

けど、わからないところが他にいくつもある。

「ぼくが、自分の回答はほぼ間違い、ということにどうして気づいたのかというと、矛盾点があったからなんです」

「ふむ？」

続けて、と手を差し向けられる。

「加治木さんは、失くすまでお守りをいつも持ち歩いていた。結果的に、そこの小門付近でお守りは見つけられたんですけど、お守りに宿っている祇園さんのことには、まったく気づかなかった」

満足そうに花子さんはうなずく。

「そうだね。君の話では、いつの間にか力が落ちて視えなくなったけれど、気配は感じられるという話だった」

「はい。どうして、加治木さんは気配を感じられなかったんでしょう。わかっていれば、毎日毎日あんなふうに待ちぼうけを食らうこともなかったのに」

「そんなこと、簡単だよ。力が落ちたのは、加治木女子だけではないからだ」

「というと……?」

「わからないかい? 干支一回りすれば、『守他人』はいなくなる。ゆるやかにではあるけれど、祇園さんとやらは『守他人』としての力を確かに失いつつあったんだよ」

「じゃあ、力を失いつつあったから、加治木さんは気配を感じることができなかった?」

「そう。本来の姿なんて保てないくらいに『守他人』の存在は薄くなっていた」

「ああ、だから、もやもやの姿に」

「今回の辛いところは、それと同時に加治木女子の力が弱まってしまったことにある。君くらいに強ければ、『守他人』の存在が薄まろうが何だろうが、視ることも気配を感じられることもできただろう」

加治木さんは、祇園さんの気配ならわかると言っていた。

それは、視えなくなってからも、祇園さんの気配を感じたことがあるからこその発言だろう。

「祇園さんのことについて、半分くらいわかりました」

「うん？　半分だけ？」

「はい。まだわからないことがあります」

ふう、と舞台役者のように、花子さんは大げさにため息をついてみせた。

「君は、一を知っても十は知らないらしい」

そういう仕草をしながら台詞っぽく言うと、変に様になってしまうから、大げさなリアクションはやめてほしい。

「一体、何がわからないんだい？」

「どうして八坂神社だったんですか？　お守りを買った場所だから？」

「……君、まさかとは思うけれど『守他人』が祇園さんと呼ばれているのと、八坂神社が『祇園さん』という愛称で親しまれていて、その二つが掛かっているから、だなんてことは思ってないだろうね？」

あ、違うんだ。

「……お、思ってないですよ。何言ってるんですか」

「まったく君は、正直者だね。バレバレだよ」

「やっぱり嘘だってバレましたか……」

「ああ、やはり嘘をついていたのか」

花子さんは片眉を上げてしれっと言った。

「あ。カマかけた！　なんで！　なんでそんなことするんですか。何でも知っているような口ぶりなのに」

「そう怒らないでほしい。だいたい、私は何でも知っているなんて言った覚えはない。信憑性《しんぴょうせい》を持たせるための演出として知ったふうな口ぶりはするけれど」

ぱちんと花子さんがウィンクする。

「真実だけでは、他人は納得しないこともあるからね」

ドキン、とするからやめてほしい……。

しかも演出だったんだ。

「それにだよ。どうしてそんなことをするかなんて、決まっている」

「言い切りましたね……どうしてですか？」

「君で遊んでいるからだ」

「だから！　なんでぼくで遊ぶんですか！　ぼくをなんだと思ってるんですか……」

「マンガ宅配業者」

「違……う、くはない！」

あはは、と花子さんは笑った。

ぼくの反応を楽しんでいるらしい。

花子さんとしゃべっていると、すぐに話が本題からそれてしまう。

「八坂神社にぼくたちを行かせた理由をお聞かせください」

「いいだろう。それを説明するためには、まず『守他人』が宿る特殊条件について説明しなくてはならない」

つらつら、と花子さんはアナウンサーのように、滑らかにぼくに解説してくれた。

「まず、八坂神社の御祭神は誰か知っているかな？」

「御祭神っていうと……」

え、その説明も必要？　っていううんざり顔で花子さんがぼくを見ている。

どうにかして、ケチョンケチョンになったぼくの名誉を回復させないと。

「あ、あれですよね、本尊に祀《まつ》られている……仏様的な……」

「……後学のために教えておいてあげよう。知ったかぶりはよくないよ？」

ばっさり切られた。

「仏様と神様が違うというのは、機会と私のやる気があれば説明するとしよう。八坂神社の御祭神のひと柱は、素戔嗚尊《すさのおのみこと》という神様なのだけれど、この名前に聞き覚えは？　ああ、なさそうだね。祇園祭は、御祭神の彼らに災厄の除去を願って神輿を奉納したのが、そもそものはじまりだといわれている。本殿にお神輿が三つあるのは知っているかい？　あれは、御祭神が他にふた柱いるからなんだ。これはただの予備知識。素戔嗚尊という神様が、八岐大蛇《やまたのおろち》を退治したという話は聞いたことあるいかい？」

「八岐大蛇退治、という話だけはかろうじて」

「うん。正直でよろしい。そういった英雄的な側面が素戔嗚尊にはあるんだ。加治木女子は幼き頃に祇園祭でお神輿を見にいったそうだね？　『守他人』も媒介の持ち主を守るというあやかしだ。災厄を祓《はら》うという似た性質を持っているため、『守他人』は素戔嗚尊に寄せられやすい。特に、かの神を祀る神事を行っている期間は」

「だから、祇園祭のときに『守他人』は加治木さんが持っていたお守りを媒介にした……？」

「そう。誰彼構わないというわけでもない。視える力があるということは、それだけ、他の人と違ったトラブルに巻き込まれやすいということでもある。これは私の推測だけれど、『守他人』もそれを感じ取ったんだと思われる」

「それから十二年、祇園さんは加治木さんを守り続けた……」

加治木さんは泣きながら言っていた。

あなたのおかげで幸せに過ごせた、と。

「彼女が特異だから『守他人』に選ばれやすかった。けれど、それを抜きにしても、八坂神社は、ご利益がある場所でもある。……すこし前に大流行りした言葉——私はこの呼称はあまり好きではないのだけれど、そういう場所を、パワースポット、と人は呼ぶそうだね」

「確かに……お参りをして何かしらご利益があれば、視えない普通の人はパワースポットに思えるかもしれませんね」

「神聖な場所というのは、そこにいるだけで力を得られることもある。邪な存在でないあやかしなんかは特にね」

だから、黄昏時……逢魔時《おうまがとき》とも呼ばれる薄暗い時間に八坂神社にいれば、祇園さんの力もかすかに戻ったのだと花子さんは言う。

「霊力をぐんと上げる陰陽師アイテムでもあれば、加治木女子はここまで苦労することはなかったろうに」

「陰陽師にそんな便利アイテムないですよ」

「マンガにはそういう物があるのに、現実はこうも理不尽で悲しくて、窮屈で息苦しい。そうだ、閃いた」

「なんですか」

なんか嫌な予感がする。話が脱線すると、たいていこうだ。

「君も修行をすれば陰陽師としての力が上がる。きっとそうだ」

「花子さん、マンガの読みすぎです。自分でさっき言ったじゃないですか。現実はこうも理不尽で悲しくて窮屈で息苦しいって」

「冗談だよ」

真顔で言うから、本気か冗談かがわかりにくいんです、花子さん。

「君にこの手の話はタブーだね」

そうやってすぐにぼくの内心を見抜いてしまうから、花子さんの知識や洞察力に頼りたくなってしまうんだろう。

「他に質問は？　もうないと思うけれど」

「あ。あります。花子さんは、祇園祭とか、行かないんですか……？」

おや、と意外そうに花子さんが目を丸くした。

「プライベートな質問か……ふうん？」

何もかもを見透かしたような花子さんの目が、ニヤニヤと笑っている。

ああ、これは揚げ足を取るつもりだ。

「……行く、と言ったら、君はどうするつもりなんだい？」

「それは……その、ぼくも行くんですよ、と返します」

「それなら私は、どうぞ行ってらっしゃい、と返そう」

ぼくが何を言いたいかわかっているくせに、全然乗ってこない。きちんと言うまで、つれない態度を取るつもりだ。

「あのお……祇園祭、行きませんか。一緒に……」

「私は行かないから、行ってくるといい」

「なんだよ！　結局そうなるのかよ！」

あはは、と花子さんは声を上げた。

「まあ、その、誘ってくれたことに関しては、素直に嬉しいよ。けど私ではなく、他の友人を誘ってみたらどうだい？　今の勇気があれば、問題ないだろう」

「わかりました。そうします」

「うん。もう外が薄暗くなっている。気をつけて帰るんだよ」

珍しく優しい言葉を投げかけてくれた花子さんは、すぐに扉を閉めてしまった。

何を話しても、この日はもう応えてはくれなかった。


この二週間後、彼女がいなくなるなんてぼくは思いもしなかった――。


後日、ぼくは池野屋くんと加治木さんの二人と待ち合わせをして祇園祭にむかった。

「ジョーくん、なんか加治木と仲良くなってね？」

ぼくたちの雑談を聞いていた池野屋くんは、不審そうに目を細めていた。

「そんなことないよ。普通だって」

ぼくの言葉に、加治木さんがうなずく。

男子二人はTシャツにジーンズで足にはサンダルと、かなりラフな装いだけど、加治木さんはきちんと浴衣を着ていた。

白地に花柄模様で、黄色の帯を締めている。普段下ろしているストレートの髪はアップにして、髪飾りを付けていた。

制服のイメージしかないから、かなり新鮮に感じる。

バスで移動中、歩道に見える女の子たちは、みんな浴衣を着ていた。

「加治木もやる気スイッチオンですか、そうですか」

「別にいいじゃん。むしろ、こういうときじゃないと浴衣着ないから、着ておこうって部分あるし」

準備をしているときにやってきたハチさんも言ってたな……。

『こういう日ぃはな！　浴衣着てビシッと決めるんや、坊！』

ぼくは自分の浴衣がないから着ないんだけど、あってもたぶん着なかったと思う。

祇園祭とは、という花子さんの受け売りを、ぼくはバスの中で存分に披露した。

「ジョーくん、ガイドさんにでもなる気なの？　めっちゃ詳しいんだけど」

「うん。私もびっくりした」

「まあ、一般教養でしょ？」

ついニ、三日前、花子さんに教わったばかりというのは内緒だ。

「うんちく語られてもなぁー。祭りは、飲んで食って騒げばいいんだよ。ハレの日なんだから」

性格通り大雑把な池野屋くんらしい楽しみ方だった。

「私は、そうは思わないけど。うんちくのひとつやふたつ知ってたほうが、実際それを見たときの見方も変わると思うし。ね？」

「うん。ぼくも加治木さん派」

「なんですかなんですか、親密度上がり過ぎじゃないですか、ご両人」

ちぇー、と池野屋くんは唇を尖らせた。

「ていうか、加治木のアレ、結局なんだったわけ？　誰を待ってたの？」

「想像に任せるって言ったじゃん」

「加治木さん、それあんまり言わないほうがいいよ、ろくな想像しないから」

祇園、祇園、とアナウンスが流れ、バスが停車し、ぼくたちを含めたお祭りにむかう人が一斉に下車した。

「そんなに知りたいなら、新城くんに訊けば？」

下駄をからんころん、と鳴らす加治木さんは、いたずらっぽく笑った。

「おおおい、ジョーくん。教えてくれよ。加治木は誰待ってたの？　彼氏？　それとも、オレの想像通りの……」

「いや、あの推理は本人のいるところで言わないほうがいいって」

ついに加治木さんが興味を持ってしまった。

「あの推理って何？」

いや、とぼくは濁そうとしたのに、本人が得意ぶって口にしてしまった。

はァ？　って顔を加治木さんがすると、下駄を脱いで、池野屋くんに思いきり投げつけた。

「いだ⁉　下駄投げてくんな」

「私そんなことしないし！　最低！　下駄返して！」

「オレの記憶が正しいなら、投げつけてきたのはあなたですけどね！　返してって日本語、なんかおかしくないですか！」

だから言うなって言ったのに。ていうか、池野屋くんはなんで敬語なんだよ。

「もう、行こ」

加治木さんに手を引かれ、ぼくたちは人ごみの中を歩きだす。

「オレ、結局ぼっちかよ」という大きな声が後ろのほうから聞こえてきて、ぼくと加治木さんは、思わず笑ってしまった。

祇園さんのことがあってから、加治木さんは落ち込んでいるのかと思ったけど、そうじゃないらしい。

ぼくがそのことを言うと、どうして？　と訊き返された。

「だって、今までずっと一緒にいた『人』で初恋の相手なんでしょ？　だから」

「さすがにちょっとくらいは寂しいけど、お別れをきちんと言えたし、お礼も言えたから、後味はスッキリしてるよ？」

「それならいいんだけど。失恋とかそういうアレでもないんだ？」

「初恋の相手とは言ったけど、今も好きな人とは言ってないじゃん」

あ、それもそうか。

「それに、新しい恋がはじまれば、古いほうは気にならなくなるから」

加治木さんは、はにかみながらそう言った。

「何食べる？」

加治木さんが話題を変えたあたりで池野屋くんがぼくたちに追いついた。

「それよりも、最初にお参りしていこう」

「いや、お参りは今しなくてもいいだろー？」

「じゃあ、池野屋は待ってて。私たち行ってくるから」

「なんでそうなるんだよ！」

文句を言いながらもついてくる池野屋くんだった。

「何をお祈りする？」

加治木さんが尋ねてくると、池野屋くんは「彼女ほしい。ジョーくんもだろ？」と半ば強引にぼくのお祈りの内容まで決めてきた。

「期末テスト、いい点とれますように、とか」

「真面目」

と、二人の声が揃って、今度はぼくが少数派になってしまった。

この前来たときは、まだ本格化してなかった祇園祭も今日はピークを迎え、振り返った四条通は色んな人であふれていた。

もう迷子になることもないし、大人にもみくちゃにされることもない。

だから今日は、きっと楽しいお祭りになるだろう。

5話　花子さん

子狐を見かけた。

ぬいぐるみか何かかと勘違いしそうなほど愛らしく、学校の廊下ということも相まって、現実感はさっぱりなかった。

開いた窓からは生ぬるい夏の風が吹き込み、忙しない蝉の鳴き声が学校中に響いているのか思えるほど、大きく聞こえる。

一学期の終業式が終わり、明日からは高校生になってからはじめての夏休みを迎える。厳密にいえば、学校が終わった今日のお昼からだから、もう夏休みといっても差し支えないだろう。

花子さん曰くマンガ宅配業者であるぼくは、夏休みはどうしたらいいのか、それを伺いにトイレへむかおうとしている途中だった。

とことこ、と金色の尻尾を振りながら、子狐は歩いていく。

誰かのペット？　と、一瞬思ったけど、さすがにそれはないだろう。野生の狐でもなさそうだ。

ペットでも野性でもないとなると、この子狐はなんなんだろう。

ぼくの気配を察知してか、くるりとこっちを振り返る子狐。

じいっとこっちを見て、また前をむいて歩き出した。

不思議に思って、ぼくは誘われるように子狐のあとをついていく。

渡り廊下に出て、それから別棟へと進んでいった。

「こっちって……」

ぼくの独り言をよそに、子狐は黒い鼻をひくつかせ別棟へと入っていく。

一階の図書室に生徒がいるのがちらほら見えるけど、誰も気づかないまま子狐は階段を上へ上へとあがっていく。まだ短い両方の足で懸命に階段をのぼる様に癒されていると、ついに最上階までやってきた。

じっと花子さんのトイレのあるほうを見つめて、歩を進める。

やっぱり、花子さん目当てでやってきたようだ。

ぼくの知っている限り、はじめての来客だった。

果たして、その子狐は花子さんのトイレへと入っていく。

邪魔するのもよくないだろう、とぼくは外で待つことにした。

花子さんの声がする。それに応えるように、子狐のキィという鳴き声がした。

「だから、話すことはないと言っているだろう」

語気を荒げた花子さんの強い口調が聞こえた。

花子さんでも、気を乱すことがあるんだ。それがなんだか、ぼくには意外だった。いつでも澄まし顔で、なんでも知っているふうで、困ったことなんて一切なさそうだったから。

かつかつかつ、とタイルに爪を引っかけながら子狐はトイレから出てくる。

「用件は何だったの？」

尋ねると、顔を上げて金色の瞳でこっちを見る子狐。答えるわけもなく、子狐は来た道を戻っていった。

ぼくのように、子狐に困りごとがあって、それを花子さんに相談しにきたのかもしれない。

そうだったとしても、あの声の荒げようは相当だ。

ぼくはトイレの中をもう一度のぞく。花子さんが怒るなんて珍しい。心なしか、トイレの中がピリついているような気がした。

何事もなかったかのように、ぼくは中へ入り個室をノックした。

「こんにちは。新城です」

反応はすぐにあった。

「なんだ、君か」

声が柔らかいことに、ぼくはすこし胸を撫で下ろす。

「明日から夏休みで、その間マンガはどうしようかと思って」

「どうしよう、というのは？　君は私にマンガを運んでくれるんだろう？」

「毎週毎週、学校に顔を出すというのはちょっと……」

この人、夏休みなんて関係なくこれまで通り配達させる気だ。

「君は、私に夏休み中はマンガを読むなと、そう言いたいのかい？　なるほど、君は私を暇潰けにして殺したいらしい」

すぐにわかった。今はかなり機嫌が悪いらしい。

といっても、日を改めてってわけにもいかない。夏休み中、好きで学校に毎週通うつもりはないのだ。

ぼくだって、手ぶらで交渉しにきたわけではない。

「きちんとバックナンバーを取っておくんで、休み明けはそれを読んでもらいます。それからは今まで通りと同じです」

いつもなら扉を景気よく開けて顔を見せてくれるのに、今日に限って扉は閉じたままだった。

「結局、夏休み中は暇で死ねと」

「いや、そういうわけじゃ」

花子さんの不機嫌は思った以上に手強いようだ。

「じゃあ、いくつか一巻から完結までを持っている作品があるんで、それを持ってきます。それなら退屈しないでしょ？」

これなら、ぼくもそれを持ってくるときだけ学校に来ればいい。毎週通う必要はなくなる。

ぼくとしても、好きなマンガの話をしたい。だから、読んでもらったあとで感想を聞いたり、意見を言い合ったりするのが楽しみだったりする。

それから、わかったよ、と花子さんは機嫌の戻らない声で言った。

「今日は、顔を見せてくれないんですね？」

「やめておいたほうがいい。今日は飛びきり機嫌が悪いから」

「さっき、子狐がここから出てくるのが見えたんですけど、何か話してましたよね？花子さんって狐ともしゃべれるんですね。何をしゃべってたんです？　相談事とか？　ぼくともしゃべれたりしますか？」

「君には関係のないことだ。わかったのならさっさと帰るといい」

取り付く島もない花子さんは、ピシャリと言い切ってそれから黙り込んだ。

本当に機嫌が悪いらしい。訊くタイミングを間違えたようだ。ぼくは頭をかきながら、「また今度来ます」と言い残しトイレを出ていく。

今まで、ぼくは花子さんをあやかしに詳しいあやかし、程度にしか思っていなかった。名前だって、彼女が好きに呼べというから、花子さんと呼んでいるのであって、本当の名前は知らない。

ぼくは、花子さんのことを何も知らない。

詮索したいわけじゃない。

けど、仲がよくなっていけば相手のことを知りたいと思うのは自然の流れだと思う。

「キィ」

晴れないもやもやを抱えて廊下を歩いていると、さっきの子狐が階段をおりようとして、前足をどうにか前へ伸ばしているところだった。

けど、前足が短いから届かず、すぐに引っ込めることを繰り返している。可愛らしい仕草が微笑ましくて、つい笑みをこぼしてしまった。

「ぼくでいいなら、下に連れていってあげるよ?」

首だけを後ろにむけた子狐は、キィと鳴いた。狐の言葉はわからないけれど、了承したってことにして、ぼくは大人しくしている子狐の胴に両手を差し入れ抱っこする。人に慣れているのか、全然暴れない。お腹の毛が柔らかくてふわふわだった。

「君は、花子さんにどういう用があったの? あの人……あのあやかしのことを、何か知ってる? ぼくは、かれこれ数か月付き合いがあるけど、まったく知らないんだ」

耳を何度か動かすだけで、ぼくの質問に子狐は答えてくれない。というより、応える術がないように思う。花子さんを訪ねてきたということは、やっぱりこの子狐はあやかしの類いなんだろう。動物の純粋な気配とはすこし違う。ハチさんに近い気配を感じる。

階段を一階までおりて、渡り廊下まで出るとそこで子狐を離した。てくてく、と廊下で見かけたときのように子狐は歩き出し、グラウンドを突っ切っていく。あまり深入りしないほうがいい。理性ではそう思っても、ぼくは花子さんが何者で、本当の名前が何で、どういうあやかしなのかを知りたい。そんな好奇心を抑えきれなかった。

すぐに昇降口で上履きからスニーカーに履き替え学校を飛び出す。

子狐はすぐに見つかった。手に持った鞄を肩にかけ直し、走って後を追う。

焼けるように暑い気温のせいか、数メートル先に陽炎が揺らめている。すぐに吹き出した汗は流れるままに、ぼくは息を切らして走った。

ゆらゆら、と尻尾を優雅に揺らしながら子狐は歩く。

違和感に気づいたのは、そんなときだった。子狐との距離が一向に縮まらない。

それに、学校の敷地を出てまだ十数メートルのあたりのはずなのに、付近はぼくの知らない場所だった。

見慣れない家屋に建物、古びた商店。ただ蝉の騒がしい鳴き声と。ぼくの荒い息遣いだけは、変わらずに聞こえている。

化かされている――。

たぶん、こういうことをそう言うんだろう。子狐は、ぼくのほうを振り返り、また歩き出した。ぼくがアリスなら、あの子狐は時計をもった兎ってところだろうか。

「ここは?」

ぼくが尋ねると、やっぱりこっちを一瞥して足を進める。知りたいって言ったのはそっちだろう、とでも言いたげだ。それとも、知りたいのならついてこい――だろうか。

覚悟を決めたぼくは、大人しく子狐のあとに従う。

人っ子一人見かけなかった町に、はじめての人影を見つける。

お坊さん、だろうか。僧衣に白い頭巾を被っていた。子狐がキィと鳴くと、そのお坊さんは抱き上げた。

「おかえりなさい。首尾はいかがでしたか?　そうでしたか」

柔らかい、女の人の声だった。じいっと見ると、やっぱりそうで、子狐の主は尼僧だった。ただ、もっと年を重ねているのかと思ったら、ずいぶんと若い。二十代前半か、二十歳前後くらいの女性だった。それともっと驚いたのは、ぼくよりもすこし年上くらいなのに、顔立ちは艶やかで色っぽい。

花子さんは、純粋に顔立ちが整っていて綺麗だけど、この人はまた別の魅力があった。

子狐と何かを話して、尼僧がぼくを見る。慈悲に溢れた眼差しで、巨大な草食動物に見つめられているような気分になった。

「平助《へいすけ》がお世話になったようで、ありがとうございました」

平助っていうのが子狐の名前らしい。

「いえ。ちょうど通りかかったので」

「拙僧は、仏と申します。主として、言葉を交わせない平助に代わり、お礼申し上げます」

「いえいえ。そんなご丁寧に。ぼくは新城孝春といいます」

浅くお辞儀をして、ぼくも自己紹介をした。

「あの、仏というのは」

「名にございます。近頃の『仏様』とはまったくもって無関係ですので、お間違いなきよう」

「ああ、はい」

よかった。本物の仏様なのかと思った。

「ここはどこなんでしょう？　平助くんについてきたら、迷い込んでしまったようで」

「ここは常世《とこよ》と現世《うつしよ》の境にございます」

「へえ。常世と現世の境か」

って、のんびりしている場合じゃない。常世はあの世のことだ。子狐のあとを追っていたら、とんでもないところに来てしまったらしい。

「平助が、あの方のことを知りたい、とあなたが申していた、と。それでここまでお招きしたとのことです」

「あ。花子さんのことですか」

くすり、と仏さんは手で口元を隠す。

「今はそう呼ばれていらっしゃるのですね、あの方は」

「いいえ、名前を訊いたら自由に呼んで構わないと言われたので、それで、仕方なく」

そうでしたか、と仏さん。

「花子さんとは、知り合いなんですか？　ぼく、あの人のことを全然知らなくて。花子さんを訪ねてきた来客を、今回はじめて見かけたんです。それで、何か知ってるのなら教えてほしいなと」

「あの方は、自分の出自のことで何か新城さんに語りましたか？」

答えはもちろんノー。ぼくは首を振った。

「でしたら、拙僧が語るべきことではございません。あの方の名誉にかかわることでもあります」

どういうことだろう。名誉にかかわるって。

「仏さんは、花子さんとどういうご関係なんですか？」

子狐の平助くんが、くいっと主人の顔を見上げる。どう答えるのかを見守っているようだった。

「拙僧は、花子さんの、そうですね……古い友人とでも申しておきましょう。ときに嫉み合い、切磋琢磨し合い、ともに高め合った仲なのです」

嫉み合って切磋琢磨し合って、高め合う……なんだか友達というよりライバルと言っているような気がした。

「久闊を叙すつもりで、このたび平助を遣いにやったのですが、どうやら取り付く島もなかったようで」

「ええ。ぼくが平助くんのあとに花子さんを訪ねると、すごく機嫌が悪かったです。会ってくれませんでした」

「では、いまだに許しをいただけないのか、それとも許せないのかといったところでしょう」

何のことを言っているのか、さっぱりわからない。

けど、この仏という尼僧は、花子さんの古い友達。

だったら、花子さんが何者で何を今までしてきたのかを知っているはずだ。

「新城さんは、花子さんとはどういったご関係なのでしょう?」

「え、ぼくですか」

きょとんとしているぼくを見て、仏さんは「ええ」と目を細めて微笑む。

ぼくは、花子さんの何なんだろう。

マンガ宅配業者? あやかし相談者? それとも……。

花子さんは、ぼくをどう思ってくれているんだろう。

「あなたがそうだと思う関係でよいのです。拙僧は、あの方との関係を古い友人だと定義しましたが、あの方は拙僧とのことはそんな生ぬるい仲ではない、と思っているかもしれません。だから、よいのです。あなたが思った通りを口にすれば」

「わかりました。それじゃあ」

一度言葉を切って、ぼくは答えた。

「友達、です。同好の士とでも言えばいいんでしょうか。けど、ぼく自身、憧れてもいて」

なんだか仏さんの前だと、気恥ずかしい単語でもすらすら出てきた。それはたぶん、仏さんの態度や表情がそうさせているんだろう。何を言っても許してくれるし、笑わないで親身に聞いてくれる。バカにもしない。そんな態度。だから、ぼくは安心して話せる。

「あらあら。お慕いしているということでしょうか」

まあ、と仏さんの瞳が年頃の少女のように輝いた。

「オシタイ？　えっと、憧れているとは言いましたけど、好きっていうのとはちょっと違うというか、アイドルとか女優を見ているような感覚で……」

「でしたら、花子さんが何者であったのか、気になるのも至極当然。ですが、先ほど申した通り、花子さんの過去を拙僧が語ることはできません。他人に語ってよいものかどうか、判断が難しく、また語るにしても拙僧も大きく絡むこと。客観的にお伝えするのは、ひどく難しいのです」

仏さんと花子さんの関係は、それほど深い仲にあるらしい。切磋琢磨したライバルなら、当人たちだけが知るドラマがあったのかもしれない。

「しかし、新城さんは、花子さんと会話ができ、それなりに親しくはあるのですよね？」

「ええ。今日は会ってもらえませんでしたけど、普段は面とむかって会話をしますよ」

うんうん、と仏さんはうなずく。

「平助をやって、相手にしてくれない以上、拙僧どもの仲違いは続いているということ。新城さん、いかがでしょう。拙僧と花子さんの仲を取り持っていただけないでしょうか？」

「え？　仏さんと花子さんの？」

「はい。拙僧と花子さんは、遠い昔に仲違いしたまま別れてしまったのです。拙僧の過去の行いを、彼女に謝罪し、また以前のような関係に戻りたいのです」

なるほど。見えてきたぞ。

深い仲だった花子さんと仏さんは喧嘩別れをして今に至る、と。それで、今回仲直りをするために平助くんをトイレに派遣したら、ばっさり断られたってところか。

「拙僧は常世の住人。身ひとつで現世に参ること叶わず平助を遣わしたのですが、結果はご覧の通り」

「わかりました。ぼくが二人の仲を取り持ちます。その代わり、そのあとに花子さんのことを教えてください。仏さんがわかる範囲で構わないので」

「それでしたら、構いませんよ。彼女と面とむかって話すことができれば、その際に、新城さんとの約束のことを教えて、自分で語るか拙僧に語ってもらうか、選んでいただきます」

いくぶんか明るい口調で仏さんは言った。

「では、また平助を遣いに出します。人の言葉で結構ですので、平助に言伝をしてやってください」

「はい、わかりました」

「現世の者が、この境にとどまるのはよくありません。元の場所までお送りいたします」

「ありがとうございます」

仏さんは静かに僧衣を揺らし、ぼくを先導するように前を歩く。ぼくもあとを追っていくと、すぐに見慣れた場所に戻ってきた。

学校の門を出てすぐの大通り。

騒がしい音を立てながら自動車が流れていき、そばのバス停からはプシン、と空気の抜けるような音がして、停車したバスの乗降口が開いた。

きちんと戻ってきたことを確認していると、バスが目前を走り去る。

ぼくは、学校に停めている自転車を拾うため、また学校の敷地内に戻った。別棟の三階をそれとなく目をやった。

今日は何を言っても聞いてくれないだろう。出会ってから一番といっていいほど機嫌が悪いから。

それに、古い友達でライバルの仏さんとは喧嘩中らしいから、仲を取り持つなんてことをすれば、火に油を注ぐことになりかねない。今度、ぼくのオススメのマンガを持っていったときだ、仏さんとの話を切り出すチャンスは。

ぼくはカゴに鞄を突っ込み、自転車にまたがってペダルを漕ぐ。

ライバルのような関係だったと仏さんは言ったけど、何のライバルだったんだろう。切磋琢磨し合って高め合った、と言っていたけど。

花子さんは、役者か何かだったんだろうか。女優をやっていた、といわれればぼくはあっさり納得してしまうだろう。

自宅に帰ってきて、玄関のすこし古い引き戸をカラカラと鳴らしながら開ける。

昼寝中らしいハチさんは、玄関の三和土《たたき》でぐでんと横になっていた。そういや前、この打ちっ放しのコンクリートがひんやりしてていいって言ってたっけ。

「ただいま」

小さく言うと、ぱちっと目を開けた。

「おう。坊。学校、えらい早いなぁ。もう終わったん?」

まだ眠そうな顔で、気だるそうに僕を見上げるハチさん。

「うん。明日から、夏休みだから今日は終業式だけで終わり」

「そうかぁ」

起き上がって自分の顔を洗っていると、その動きがぴたりと止まった。

「坊、犬触ったやろ？」

「え？　犬？　ううん、触ってないよ」

「嘘ついたらあかん。ハチさん、ニオイでわかんねんで。犬なんかやめときー。あいつら、テンション高いから、付き合う側のことなんて、なーんも考えてへん」

あかん、あかん、犬なんかあかん。とハチさんはくどいくらいに繰り返す。

「あ。犬は触ってないけど、狐は触ったよ」

「なんでやねん。余計あかんわ」

なんでやねん、ってなんでやねん。そう言いかけたぼくを遮るように、ハチさんは続けた。

「狐は雑食やから何でも食いよんねん。ハチさんだって、油断したらあいつらのエサや。あかん、狐なんか触ったら」

「子狐だったよ、すごく可愛くて癒された」

「子猫だって可愛いわ。ハチさんだってな、子猫の時期があってんで？」

知らないよ。

とっとっと、と軽快に足音を鳴らしながら、ハチさんは廊下を小走りに駆けていった。

　ぼくが追ってこないのを見かねて、こっちを振り返る。

「何してんねん。坊。早う。部屋のエアコンつけるんやろ？」

「それ目当てか」

　やれやれ、とぼくはスニーカーを足だけで脱ぐ。ペットが熱中症で死んでしまう、なんてことをたまに聞くから、ちょっとくらい気を遣ってあげよう。

「ええか、坊。扇風機もきちんとつけんねんで？　佳奈子が言うてはったわ。省エネや、ゆうて」

　母さんはどうしてハチさんに省エネなんて言葉を教えたんだろう。謎だ。

　階段をのぼっていくと、ハチさんもあとをついてくる。

「子狐って、そんなホイホイいるもんちゃうやろ？　どこにおったん？」

「遣い走りって感じで、ハチさんと同じあやかしの気配もしたよ」

「坊……御狐さんは、神様の遣いや」

「神様じゃないんだよ。仏っていう名前の人の遣いだったんだ。あれはたぶん全然関係ないただのペットだと思うよ」

　ハチさんが頭にいっぱい疑問符を浮かべている。

「その子狐が、ぼくの知り合いのあやかしのところに伝言をしに行って」

「ようわからんわ」

理解を諦めたハチさんが匙を投げた。

部屋に入って、エアコンのスイッチを入れる。それと省エネがどうの、とうるさいハチさんのために、扇風機も起動させた。

「まあ、ともかく、狐も犬もあかんゆーこっちゃ。ハチさんがおったらええ。なあ、せやろ」

「せやろって言われても」

ぼくのベッドに飛び乗ったハチさんは、扇風機の冷たい風を受けながら首をひねった。

「仏……どっかで聞いた名前やな」

「知ってるの?」

「聞き覚えがあるっていうだけや。どこの誰なんかは、さっぱり覚えてへん」

そう言ってしばらくすると、ハチさんは眠ってしまった。

あれから四日が経った。

遣いとして、また子狐の平助くんをやると仏さんは言っていたけれど、その平助くんの姿は見えない。

尼僧で徳の高そうな仏さんは、どこからかぼくの様子を見てるんだろうか。

薄雲のかかる青空を見上げてみる。強烈な紫外線を浴びながらぼくは自転車を漕いで学校へとむかう。

京都は盆地だから暑いっていうけど、よそだって十分暑いと思う。気温だけ見れば京都市内より高い地域はいくつもあるし。とはいえ、風が吹き抜けることがすくないから、体感ではよそよりも暑いのかもしれない。

花子さんはあやかしだからか、暑さについてハチさんみたいに文句を言わないのは幸いだった。そうだったら、マンガの他にアイスクリームやら何やら、ぼくは差し入れしなくてはいけなかっただろう。

さすがに四日も経てば花子さんの機嫌も落ち着いていると思う。

選んだマンガ、気に入ってくれるといいんだけど。

自転車のカゴに入れた紙袋の中身は、厳選したぼくのマンガが三十数冊ほど。

むしろ、持ってくるのが遅いと文句を言うかもしれない。

午前中ですでに気温は三十度を突破。学校のグラウンドには、野球部の白い帽子が見え、威勢のいい掛け声と金属バットの甲高い音が聞こえる。

学校の敷地内に入り駐輪場に自転車を停め、別棟を目指す。一階に図書室があるおかげで、校舎の鍵が締まっているということはなく、簡単に入れた。

　金管楽器の低くて太い音が隣の校舎から聞こえてくる。窓からむかいの校舎を見ると、二年生の教室で、楽譜を見つめている吹奏楽部の女子がいた。

　三階の花子さんのトイレに紙袋を提げてやってくると、先日のようなピリついた空気はなかった。窓を閉め切っているせいで空気が停滞していて、中はむあっとしている。

　窓を開けて風を通す。外の音がわっとトイレに入り込んできた。

「花子さん、新城です。持ってきましたよ」

「遅かったね」

　小言というわけではなく、嫌みな雰囲気は感じられなかった。

「ぼくも夏休みに入って、色々とやることがあったんで」

　というのは表向きのいいわけ。機嫌が悪かったから落ち着くのを待っていた、なんて言ってしまえば、それこそ皮肉か何か言われるに違いない。

「君にやることがあったなんて意外だ」

「ぼくだって、色々あるんです」

　本当はないけど。

　扉が開くと、尊大に美脚を組んだ花子さんは、手をぼくのほうへ伸ばした。

「これです。二作品、合わせて三十冊ちょっとあります」

「うむ。ご苦労」

受け取ったらすぐに読みたいのか、扉を閉めようとする花子さん。ぼくはその扉を押さえた。

「どうかしたかい？　まだ私に何か？」

どう切り出せばいいのか、すこし迷った。仏さんと花子さんは喧嘩中で、ぼくは二人が仲直りないし、面とむかって会話ができるように取り持とうとしている。

「花子さんは、友達いないんですか？」

「心配には及ばない。君よりは多いから」

くそ……。さっきからぼくの揚げ足ばっかりとって。それとも、ぼくの夏休みの予定がほぼ空白なのを知ってるんだろうか。

「そのたくさんいるらしい友達とは、遊んだりしないんですか？」

きょとん、と花子さんは目を丸くした。本当に想定外の質問だったようで、何度も瞬きを繰り返した。

「あやかしが何を遊ぶというんだい？　友達イコール遊ぶ相手、というのはずいぶんと大雑把な友達の定義だね」

やっぱりダメだ。ぼくに遠回りしながら用件を伝えるなんてできない。そんなことをしていれば日が暮れてしまう。

「子狐のことです。この前、ここに来ていたでしょう?」

花子さんの柳眉が小さく動いた。

「それが?」

「あの子は、遣いとして来ていたんですよね? あとを追っていったら、あの子狐の主人に会いました。花子さん、あなたの古い友人だって言ってました」

ふうん、と花子さんは鼻白んだように目を細めた。

「力のある君でないと、会うことも子狐の追いかけることもできなかっただろうけれど、会ったのか、アレと」

「はい」

アレって、またずいぶんな呼び方だな。喧嘩中だから仕方ないのか。

「仏さんは、花子さんに過去の行いを謝罪したい、と言っていました」

ぼくががっちり押さえているからか、花子さんは扉に手をかけるのをやめた。興味の欠片もないようで、ぼくが渡したマンガを紙袋から取り出してさっそく読みはじめた。

「だから?」

「昔は、切磋琢磨し合った友人だった、と仏さんは言っていました。仲直りがしたいとも」

「謝罪なんて要らないよ。そんな生易しいものでどうにかなるようなことではないから。それに、仲直りがしたいというのも筋違いだ」

仏さんが、花子さんに昔何かをした。そして、二人は喧嘩をして、そのまま別れてしまった。これは間違いなさそうだ。

「よき友人だったんじゃないんですか？」

「そういう時期もあったよ。けど、それは大昔の話。今の私は当時の私ではないし、彼女もまた同じくそうだ」

口調に一切の熱を感じられない。冷たくもないし、熱くもない。ただただ無関心だった。

「元の関係には」

「戻らないし戻れない。そういう関係だ。わかったのならさっさと帰るといい」

これ以上は話したくない、と花子さんは言外に伝えている。

花子さんがそれでいいのなら、とぼくも思った。二人の間に何があったのかなんてぼくは知らないけど、仏さんは古い友達で、仲直りがしたくてわざわざ常世から遣いを送っている。

もし、花子さんが何かを誤解してこうなっているのなら、それを正してあげたいと思うし、それだけで元に戻ることができるのなら、ぼくはその手伝いをしてあげたいと思う。

「花子さん、ぼくは」

「もし、何かお節介をしようというのなら、私は君を拒絶しないといけなくなる」

先回りされてしまった。

「どうしてそこまで頑ななんですか。それを教えてください」

「私のプライバシーだ。君に教える必要も義務もない。それとも何か？　陰陽師はあやかしのプライバシーなんてものは考慮しなくていい、と爺殿に教わったか」

「仏さんに頼まれたのもありますし、ぼく自身、花子さんと仏さんが仲直りできるように――」

ばさっとぼくの顔の横にマンガが飛んできた。花子さんが持っていたマンガを投げたんだとわかった。

「相変わらず男に取り入るのが上手い。大相国《だいしょうこく》の次は年端《としは》もいかない少年か」

独り言のようにつぶやいて、花子さんは渡した紙袋を投げて寄越した。どさっと床に落ちて横倒しになると、数冊が床に溢れた。

言葉が出なかった。花子さんが何にそこまで腹を立てているのか、わからなかった。

「もうここには来るな。君にはもう会いたくない」

呆気に取られていると、ばたん、と扉がしまった。

扉をノックして呼びかけても反応はなく、花子さんの気配が薄くなって消えていくのがわかった。普段、こんなにわかりやすく気配を消すことはない。だから、中にはもう何もいない、とぼくに対するアピールなんだろう。

ぼくは大きくため息をついて椅子に座った。パンチをもらったボクサーのように、背に深くもたれる。

どうやら、ぼくも嫌われてしまったらしい。深い仲というのは、ぼくが考えている以上に根が深いようだった。

ぼくを拒絶しなくてはいけない、と花子さんは言った。仲直りは、それほど避けたいことだったんだろうか。

散らばったマンガを眺めて、もう一度閉まった個室に目をやる。

「あやかしのことなら何でも教えてくれるのに、自分のことは何も教えてくれないんですね」

そうつぶやくと、ぼくはマンガを集めて紙袋の中にしまう。今はいないけど、帰ってきたらきっと読んでくれるだろう。

そう思ったぼくは、紙袋を花子さんがいつもいる個室の前に置いた。

キイ、と鳴き声がして目をやると、出入口に子狐の平助くんがいた。口に手紙のようなものをくわえていた。会話ができないぼくのために、仏さんが伝言を書いたんだろう。

「おいで」

言うと、個室を一瞥した平助くんはこちらへやってくる。ぼくの足元に手紙を落として、何度かぼくと手紙を見た。

「ありがとう」

頭を撫でて、手紙を広げる。達筆な文字で、筆で書かれた文章だった。

『花子さんとは会えましたでしょうか。上首尾に終わればいいのですが、一筋縄ではいかないことでしょう。拙僧は常世の存在。もし拙僧自身が行けたとしても、きっと逆効果でしたでしょう。新城さんにお頼みする以外になかったのです。叶うのならもう一度、彼女の今様を拝聴したく存じます。よろしくお願い申し上げます』

端的ではあるけど、気持ちのこもった文章だった。花子さんは、仏さんがぼくに取り入ったと言っていた。もしかすると客観的にはそうなのかもしれない。けど、すくなくとも真剣だったから、ぼくも手伝おうと思ったまでだ。

読み終えて、平助くんに言う。

「仏さんに伝えて。ごめんなさい、ぼくでもどうにもなりませんでした、って」

手紙を畳み直すと、平助くんは口で手紙を受け取り、ぼくにお尻をむけてトイレから出ていく。

花子さんは、もうここには現れないかもしれない。この結果がわかっていたんなら、無理に仲を取り持つ必要はなかったかもしれない。

でも。

花子さんが何者で何を今までしてきたのか、それを知りたがるのも時間の問題だったと思う。今回の件は、ただのきっかけに過ぎない。

椅子から立ち上がって、ぼくもトイレから出ていく。

「あれ?」

足を止めて、さっきから引っかかっていたソレについて考える。

「『今様を拝聴したく存じます』?」

今様って何だろう。

字面からして、なんとなく古い何かの言い回しのように思う。

今様は聴くことのできるもので、花子さんはそれを仏さんに聴かせたことがある

――。

楽器か何かだろうか。

花子さんの過去でわかったはじめてのキーワードだ。すくなくとも、ぼくはその今

様とやらは聴いたことがない。仏さんと仲が良かったころに披露していたのだろう。

「今様……イマヨウでいいのかな、読み方は」

口に出してもう一度首をかしげる。さっそく謎の単語、今様についてスマホを使い検索する。

すぐにヒットした。思った通り古い言葉だった。

今様というのは、正しくは今様歌といい、平安から鎌倉時代に流行った歌のことを指しているらしい。

娯楽のひとつであり、遊女や芸人たちが生活や世相を低俗な歌詞で歌っていたけど、それは徐々に上流階級に浸透していったそうだ。

ということは、花子さんと仏さんは、それくらいの時代の人なのだろう。

後白河法皇《ごしらかわほうおう》も好きだったそうだ。

花子さんは文化人だったんだろうか。

仏さんも上品な尼僧だし、花子さんの今様が好きだった、とか。

そこから二人がどう喧嘩をして袂《たもと》を分かったのかはわからないけれど。

花子さんは、元々あやかしとして仏さんと知り合ったのか、それとも、知り合った当初は人間だったんだろうか。

後者だったら、花子さんは、どうしてあやかしになったんだろう。

ひとつわかったことがあると思えば、またわからないことが出てきた。

徳の高そうな尼僧である仏さんが、花子さんを祓《はら》おうとして、知り合った――？

切磋琢磨し合ったっていうことは、力を磨き合った仲ということでもある。

花子さんを祓うために仏さんは法力を磨き、花子さんも対抗するためにあやかしとしての力を強めた。

そして、ライバルとして仲を認めて仲良くなる。

……マンガの読みすぎだろうか。

「花子さん、本当のことをちゃんと教えてくれないと、ぼくの中であなたは、少年マンガでよくいる主人公の悪役ライバルになっちゃいますよ？」


マンガ脳のぼくが組み立てたその仮説は、仏さんの大笑いで粉砕された。

「なんです、それ」

大笑いしたあとぼくに失礼だと思ったのか、くつくつ、と頑張って笑いを堪えている。そんなにおかしいなら、もうそのまま声を上げて笑ってほしい。腰を曲げてお腹を押さえてぷるぷると震えているくらいなら。

「いや、ぼくだって本気でそう思ったわけじゃないですよ？　そういうふうに考えることできるな、というか、そんな感じで」

真剣に考えたわけではない、というアピールを一応しておく。だいたい、二人が詳しいことを何も教えてくれないから、ぼくがこうしてありもしない想像をしてしまうんじゃないか。

「ごめんなさい。ただ、すごく突拍子もなくて……ふふ」

「そりゃ、二人がどういう関係なのか知っている人からすればおかしいでしょうけど。ぼくからすれば、そんなことを想像させる余地があるほど、二人の関係は不透明だということです」

ふう、とようやく笑い終えた仏さんは、目じりに浮いた涙を人差し指ですくった。

今様を調べたあとのことだった。

平助くんがぼくの前に現れて、先日のように前を歩きはじめたのだ。

ついて行けば、仏さんがぼくを待っていてくれて、花子さんに会ったときのことを詳しく教えてほしいと言った。ぼくは見たままを伝えて、さっきのマンガ脳が導き出した仮説を披露して、あのありさまというわけだ。

平助くんはというと、仏さんの足元できちんとお座りをして、相好を崩す主を不思議そうに見上げている。

「教えてください。仏さんから聞いたということは花子さんには言いませんし、花子さんの過去を知っているということを本人に伝えることもありませんから」

「約束が違いますよ、新城さん。引き合わせることができたら、というお話だったはずです」

「それは、そうですけど……現状、ぼくは花子さんが何に怒って、何を嫌がっているのかがわからないんです」

わかることといえば、仏さんと会いたくないことくらいだろうか。それを手伝おうとするぼくも合わせて拒否されているのだから、よっぽどだ。

「これじゃあ、会話をすることすらできなくなります。というか、現在すでにそんな状況ですし」

そうですね、と考えるように、仏さんは目を細める。その目つきに、はっとするような色気を感じてしまうのは、思春期ゆえのことなのだろうか。

それから、思い出したように手をパチンと合わせた。

「そうでした。花子さんの今様を、新城さんは聴いたことがないのでしょうか」

「はい。まず、今様を歌うということ自体、仏さんの手紙ではじめて知りました。花子さんはそれに精通した人物だった、ということですよね」

「ええ。即興で歌い、優雅に舞う姿に心を奪われない男子《おのこ》はおりませんでした」

懐かしむように遠くを見ると、あ、という顔をして、仏さんは口元を手で押さえる。

「舞う？　舞踊も達者だったんですか？」

「口が滑りました。これ以上は、拙僧からは何も申し上げられません。今どういう容貌なのかは存じ上げないのですが、お美しいですか？」

「はい。絶世の美女という言葉が霞むほどに、綺麗です」

満足そうにうなずく仏さん。

「何歳くらいなのかはわかりませんけど、二十歳をいくつか過ぎるくらいでしょうか」

「拙僧のよく知る花子さんです。今様が何なのかもご存知なかったようですが、よくお調べになられましたね」

仏さんは、たぶん平安時代後期の人物なんだろう。僧衣と頭巾が、武蔵坊弁慶を彷彿とさせる。今様が流行ったのがそのあたりの時代。ということは、花子さんもその頃の人物だ。

だから、ネットで検索、なんて発想はないんだろう。

「ええ。図書室という書庫があってそこで調べました」

本当は違うけど、ネットで検索する、という行動をネットを知らない人に説明するのは骨が折れる。

「拙僧たちが生きた時代よりも千年以上も未来。書物に記してあるのも無理はないですね。拙僧のことはさておき、花子さんのこと残っているかもしれません」

「え。そんなに有名なんですか？」

「はい。当時、彼女の名は京に知れ渡っていたのですよ。その美貌も才能も。拙僧も彼女に憧れた者の一人にございます」

歌で京都で、有名。

「もしかして、紫式部なんじゃ」

「あっはっはっは」

仏さん、大爆笑だった。急に声を上げるから、足元の平助くんがビクっと反応した。

紫式部は違うみたいだ。

仏さん、これ以上は申し上げられませんって言ったけど、地味に情報をこぼしてくれる。たぶん、これくらい言っても大丈夫だろう、と思っているんだろうけど、ぼくの情報収集能力を甘くみないでほしい。といっても、ネットで検索するだけだけど。

「女子《おなご》のことを記している書物は大変にすくないと耳にしたことがございます」

たしかに、紫式部や清少納言みたいな歌人や文化人でなければ、女性はなかなか歴史の表舞台には現れない。

「ですから、花子さんについて記されている書物はおそらくほとんどないのではないでしょうか」

「じゃあ、紫式部ほど有名ではないってことですね」

あ、とまた口元に手をやる仏さん。

それに、ほとんどないかもしれないってことは、ある可能性もあるってことだ。

花子さんは過去に存在した誰かで、今様歌で京に名を馳せた。今様歌が流行っていたのは平安後期から鎌倉時代あたりだから、存命の時期はそこに限られる。

これで、ずいぶんと絞られるんじゃないだろうか。

実在する人物であるなら、当然亡くなっている。でも花子さんはあやかしとして今もこの現世に存在していて、学校のトイレに現れる。

彼女が誰なのかということと、もうひとつの謎。

どうしてあやかしになってしまったのか。

ぼくは、そのことについて仏さんに心当たりを尋ねてみた。

「どうして今も、この世に人ならざるモノとして存在しているのか……仏さんは心当たりはありますか?」

「申し訳ありません。それについては、拙僧も存じ上げません。今回、彼女が現世にいると知ったのも、似ている方がいると噂を聞いただけなのです」

「そうでしたか」

だったら、花子さんはあやかしではなく、幽霊なんだろうか。

気配では、完全にあやかしなんだけど。

大雑把に言うと、幽霊は死後の人間がなるもので、あやかしは不可解な現象を起こしたり不可思議な力を持ち、現世に干渉できる異形の者のことだ。

ぼくがわかるのはこれくらい。

それから、ぼくは仏さんにお礼を言って、元の場所に帰してもらう。花子さんに会うことを諦めたわけではないので、ぼくが花子さんに接触することがあれば、また平助くんを送るとのことだった。

自転車で帰路を走り、家に帰ってくる。

ぐでん、と玄関の三和土で横になっているハチさんが体を起こした。

「なんや、坊、もう帰ってきたんか」

「うん。それよりもハチさん、教えてほしいんだけど」

「んー？」

「人間でもあやかしになることってあるの？」

気だるそうにハチさんは三和土に頬をくっつけた。

「そないなこと、隆景に訊いたらええやろ」

「そうなんだけど。あ、ハチさん、もしかして知らないの？」

「知ってるわ、そんくらい。誰にゆうてんねん」

　よし、かかった。

「結果から言えば可能や。人間が死んだあとも強い念を残したまま成仏せんと現世をウロウロする――」

「それは幽霊なんじゃないの？」

「最後まで聞きよし。坊の言う通り、確かにそれは幽霊や。その幽霊が、物理的に干渉できるほどの力があれば、それはあやかしモンや」

「悪霊とはまた別なんだ？」

「それはまたモノによんねん。隆景から聞いてないか？」

　ぼくは首を振った。陰陽師としての講義なんて受けたことがない。

「一般的な人間の考えでいうと……何か不可思議な現象が起これば、その原因を探る。けど、その原因が何なんかさっぱりわかれへん。……不思議なもんで、人間はそれをただの現象だと済ますことができんらしい。そこで、あやかしの登場や。不可思議なことが起これば、妖怪何々の仕業ってことになんねん。だから、不思議現象に名前がついたそれが、あやかしの正体やねん」

　理屈の上ではな、とハチさん。

「だから、物理的に干渉できる霊があやかし……？」

「そうや。最初っからよっぽど強い力を持っている霊は悪霊。長い月日をかけて、繰り返されるその現象に名前がつくとあやかし」

これが、人間があやかしになる可能性らしい。最初から物の怪として存在する異形のモノをあやかしと呼ぶこともある。

「ハチさんは、じゃあ何なの？」

「何ゆうてんねん。ハチさんはニャンコや」

普通のニャンコはしゃべらないし、尻尾は一本だよ。

猫がしゃべる……繰り返された不思議現象に名がついて、あやかし猫又が生まれた？　ということは、尻尾も同じなんだろうか。

「てことは、ハチさんは猫の霊で、未練を残したまま死んじゃったってこと？」

「ハチさんは最初っからこうや。自分が普通の猫やと思ってたら、実はキュートな猫又やったってだけのこと」

キュートは余計だけども。

もうええか？　とハチさんはぼくの回答を待つ。

「あ、あとひとつ。ハチさん、陰陽師が京都で大活躍してたころからいるんでしょ？」

「せやな」

「その頃のことを教えてほしいんだ」

　ぼくは話が長くなるだろうと、場所を部屋に移した。

「ハチさん、この前、仏っていう名前に聞き覚えがあるって言ってたでしょ？」

「えらい昔のことやからなぁ、聞いたことがあるってくらいで、他はなんにも、思い出せへんけどな」

　ベッドに座るハチさんは、ゆらゆら、と黒い二本の尻尾を揺らしている。

「その仏さんは尼僧で、おそらく平安後期から鎌倉時代に移るまでの間に京都にいた人らしいんだ。それで、何か思い出すことってない？」

　そうやなあ、と後ろ足でハチさんは首の後ろをかいた。

「せやったら、あの仏ちゃうか」

「心当たりあるの？」

「その仏って名前が正しいとして、確かにその時代のモンやとしたら、おそらくそれは、仏御前のことちゃうかな。ただ、ハチさんはその仏ってモンが尼僧だったとは聞いたことないけどな」

「仏、御前?」

「位の高い者の嫁はん、ってことや。呼び捨てにすんのもあれやからってことで、御前ってつけてんねん。今の時代でどう解釈されているかは知らんけどな」

ぼくは仏さんの容姿を思い浮かべた。頭巾を取って、黒髪のロングヘアにすればなかなか可憐な人に早変わりする。

「尼僧は結婚できないんじゃないの?」

「出家ってこともあんで? 世俗を捨て、仏の道に邁進《まいしん》する。そう珍しい話でもない。今よりも、当時は女の貞操観念が強かってん。とくに位の高い者と結婚した者は、貞女《ていじょ》は両夫《りょうふ》に見《まみ》えず、という考え方をしとって、離婚したり死別したりすれば再婚はせず、出家する者もすくなくなかった」

ハチさんが知っている仏さんと、ぼくの知っている仏さんは同一人物かもしれない。ぼくが知っている尼僧の姿は、夫と離婚したか死別したかそのあだとすれば——。

「位の高い人と結婚した嫁ってことで、有名だったの?」

「それもあるけど、拍車をかけたのはちょっとしたゴシップのせいやな」

「ゴシップ?」

「せや。芸能人が誰と付き合おうて、結婚したとか、隠し子がいた、とか、そういうワイドショーでやってそうなやつや」

　ゴシップ、仏さんと花子さんの関係……。

「結構どろどろしてる？」

「そういう感じかもしれへん」

　花子さんを調べるより、根の深い仲だったんなら、仏さんを調べれば芋づる式に花子さんのこともわかるかもしれない。

「当時のことでも覚えているもんなんだね」

「時代を特定せんかったらここまで思い出せへんよ」

　と言ってハチさんは苦笑する。それから、不思議そうにどうしてそんなことを知りたいのかと訊かれ、ぼくは正直に答えた。

「ふうん。花子さんの正体、ね。仲良うなったら知りたくなるのも当然か。しかもむこうは、それを隠そうとする。そうなると余計に知りたくなるのが人情ってもんや」

「それで、今様を歌うってことまでわかったんだ」

「おお、おお、えらい古い言葉やなぁ。仏もそれで成り上がった小娘やったなぁ」

「え？　そうなの？」

「知らんかったん？」

　仏さんは花子さんに憧れていた、って言っていたけど、単純に女性として憧れていたのではなく、今様を歌う者として憧れていたってことなんじゃないだろうか。

そうだ、切磋琢磨し合った仲だって言っていた。

二人は、今様の歌い手として繋がりがあったんだ。

「旅芸人の娘やったかなぁ、たしか。自分の芸を見てほしいって、大相国に直談判したってゆう話や。とんでもない根性してはるわ」

そういや、花子さんも大相国って口にしていた。

「大相国っていうのは？」

「位の名前や。今でゆったら……なんてゆうんやろ？」

ずる、とぼくはコケそうになった。ハチさん、肝心な部分がわからなかった。

ぼくは手元の携帯で検索をする。

大相国。

すぐにわかった。

大相国とは、太政大臣の別名のようだ。

「え。太政大臣？」

「あー、今ではそう呼ばれてるんやったな。せやせや」

引っかかりがなくなったような、すっきりとした顔をするハチさん。

平安後期で、太政大臣――。

歴史をすこし勉強していれば、誰でも知っているほどの超有名な登場人物が脳裏をよぎる。

じゃあ、その二人の繋がりを調べていけば、おのずと花子さんも浮き上がってくる？

ぼくは、あれこれ、と手元の携帯で検索をしていった。

バッテリーが熱くなるのも厭《いと》わず、仏さんと、大相国のことを調べていく。

そして、ぼくは二人の繋がりを見つけ、その線上に縁の深い女性を発見した。

ネットにある情報なんて高が知れていて、もっと詳しく知るために、ぼくは学校の図書室ではなく、それよりも大きな市立図書館へ何度も足を運んだ。

けど、歴史の表舞台に現れたとはいえ、花子さんと思しき人物は一瞬で姿を消してしまっていて、資料はほとんど残っていなかった。市や町、公立の図書館を数軒回ってみたけど、結果は同じ。

花子さんの正体を知ったところで、ぼくは花子さんには嫌われてしまっていて、もう会うこともできないかもしれない。それでも、調査を終えてから毎日学校のあのトイレへ通った。

きっとまたここへ現れてくれるという確信はあった。

花子さんがどうしてあやかしになってしまったのか。その謎は解けないままだけど、そこに仏さんと花子さんの確執が秘められているのかもしれない。

今日も今日とてトイレの個室の前で、ぼくは暇つぶしに小説を読んでいた。座っているだけでじんわりと汗がにじむような気温で、気づけばヒグラシが軋んだ鳴き声を上げている。真っ赤に染まった空には、気の早い星がいくつか瞬いていた。

文庫本を鞄の中へしまい、席を立つ。

ふわっと、身に覚えのある気配がした。

根負けしたのか、それともただの気まぐれだろうか。

「毎日毎日、君は、本当に暇らしい」

「こう見えても、ぼくだって忙しいんです」

扉越しに、二週間ぶりの会話。

トイレの中は、差し込んだ西日が徐々に光を弱めていた。

「わかりましたよ。花子さんが、誰なのか」

「アレが教えたのか」

「いいえ。仏さんは、自分の口からは教えないと。花子さんの名誉もあるからって言っていました」

「ふん。知ったような口を利く」

花子さんの憎まれ口のキレは今日も上々だった。

「あなたのことを知ってから、仏さんに会ってほしい、とは言えなくなりました」

「何を知ったのかは知らないけれど、表面に見える部分で人を語るのはよくないよ、君」

もう一度、椅子に座り直す。すると、ゆっくりと個室の扉が開いた。蓋をした便器に座る花子さんは、すっと長い脚を組んだ。

それから、しゃべっていいよ、というように、いつものようにぼくに手を差し向けた。

「今様っていう言葉に、聞き覚えはありますか？」

さあ、答え合わせのはじまりだ。

「もちろん」

「ずいぶんと、お上手だったようですね、花子さんは」

「お上手なんてものではないよ。私の美貌と今様があれば、落ちぬ男子《おのこ》はいなかった。それがお偉方でもね」

自信たっぷりの笑顔で、花子さんは肩をすくめる。

「それで、大相国も花子さんに惹かれた？」

「君は、当然のことを確認するのが好きらしい」

皮肉も絶好調だった。

「祇王《ぎおう》――それが、生前の名前で間違いないですか?」

「相違ない。よく調べ上げたね」

こういう人だから手放しでは喜べないけど、だからこそ褒めてもらうと嬉しかったりする。

「ええ。今様っていう言葉を知らなければ、永遠にわからなかったと思います」

ぼくは、自分が調べた範囲のことを花子さんに聞いてもらった。

祇王というのは、位や冠名ではなく、そのままの名前だ。王がついていると尊大なイメージがあるけど、花子さんにはぴったりだった。

祇王は、平家物語にも登場する人物。妹とともに白拍子《しらびょうし》という男装をしながら歌って舞う芸の名手だったという。それを目にかけられ、大相国――平清盛《たいらのきよもり》の寵愛《ちょうあい》を受けた。

「大相国って言うから誰かと最初は思いましたよ」

「現代であの男がどの名で呼ばれているかなんて、私は興味がなかったからね」

「花子さんのその幸運を見て、祇王の『祇』を名前につけるのがブームになったって資料で見かけました」

「そんなこともあったね。人の生において、そのころが一番栄華を極めたよ」

　言葉通り、大相国のお気に入りだった花子さんこと祇王は、家族の面倒もすべてを見てもらい、宴席では歌い、舞い、数々の男を虜にしたという。

　今ぼくが目にしているこの美貌が当時のままであるのなら、それも納得だった。現代の感覚でいうと、歌って踊れる人気アイドルといえばいいだろうか。

　自他ともに認めるほど絶頂期にあった花子さんだったけど、転機を迎えることになる。

　仏さんとの出会いだ。

　ぼくが調べた資料には、平清盛のところへ仏さんが白拍子の芸を見てほしいと直談判したそうだ。これもハチさんが言っていたので間違いはないだろう。

　白拍子は、芸者や遊女の芸で、座に呼ばれてはじめて披露するものであり、自分から売り込みにくるなんてもってのほか。そう言って平清盛は門前払いを食らわせるところだったらしい。

「そこで、花子さん……祇王の登場、ですか」

「以前から、アレの名は聞いたことがあった。大層達者だと。個人的に、どれほどのものなのか私も興味はあったんだ。だから、大相国に『可哀想だから見て差し上げたらいかがでしょう？』と提案をした」

「仏さんに自分を重ねて同情したから、って平家物語にはあるんですけど」

「同情？　そんなことはしてないよ。ただ、腕前を私がこの目で見てやろうと思っただけだよ」

「で、大層ひいきにしている花子さんがそう言うから、清盛が賛成して芸を見た？」

うん、と花子さんはうなずいた。

この瞬間から、仏さんと祇王――花子さんの根深い因縁のはじまりだった。

「もしかして、この前怒ったのって、そのときのことを重ねたからですか？」

仏さんの頼み事を誰かが取り持つ。花子さんは以前にも同じシーンに覚えがあったんだ。

「さあ、どうだろう」と、花子さんはすっとぼける。

花子さん曰く、仏さんの芸は、花子さんに負けず劣らず甲乙つけがたい実力だったそうだ。

自信満々の花子さんにそう評価させるんなら、仏さんの白拍子の芸は相当なものだったんだろう。

芸を認められた仏さんは、京一と謳われる芸と美貌を持つ憧れの花子さんと稽古を重ねることになる。

けど、花子さんは、ひとつだけ大きな誤算をしてしまった。

平清盛の寵愛の対象が、花子さんから仏さんに移ったことだ。

花子さんと同じように召し抱えようとする清盛に、仏さんは、「祇王御前がとりなしてくれたおかげでこうしていられるのに、彼女と同じでは自分が恥ずかしい思いをするだけです」と言ったと資料にはある。

「アレは、汚い女でね。大相国がそうするだろうと予想した上でそんなことを言ったんだよ。つくづく、男に取り入るのが上手い女だよ」

何の感情もなく、当時のことを思い出して花子さんは言った。

大相国がそうするだろう、というのは、花子さんへの待遇のことだ。

平清盛は、仏さんがそんなことを思うのであれば、元お気に入りの花子さんがいなくなればいいと考え、花子さんを宮中から追い出してしまう。

「本当に、酷い男だよ」

古傷を懐かしむように、花子さんはつぶやいた。

たぶん、花子さんは、平清盛のことが好きだったんだろう。

追い出されるその日、花子さんは襖に一首、歌を残す。

「萌え出づるも枯るるも　同じ野辺の草いづれか　秋にあはではつべき」

覚えられないので、とっておいたメモを読んだ。

「そんなものまで残っているのかい？」

「ええ。これは確かなんですか？」

「ああ。相違ないよ。……春に草花が芽吹くように、愛される者も捨てられる者も、所詮は同じ草花。秋になれば枯れ果てているように、誰が彼に飽きられないで終われるだろう」

本人を目の前にして実際にその口から意味を聞くと、どれだけ辛かったのかがわかり、ぼくの胸が痛くなってくる。

どうして、祇王――花子さんのことが物語として残っているのか。

それは、悲恋の物語だからだ。

「君もいい趣味をしている。女の過去の失恋話を掘り返すなんて」

「教えてくれないから、掘り返すしかなかったんです」

「言うじゃないか」

「まだ乙女だったころの花子さんは、新鮮ですね」

「何を言っているんだい。私はまだ十分乙女だよ？」

軽口を叩きあって、ぼくはさらに続きを聞かせた。

「相当へコんでいたところに、清盛からの仕送り？　のようなものも途絶えたんですか」

「用のなくなった女のところに金や米を送るなんて、物好きのすることだよ」

　まあ、それもそうか。

　花子さんが悲しみに暮れて、立ち直れずにいると、仏さんが寂しそうにしているから、来てくれと平清盛から手紙が花子さんの元に届いた。

「今にして思えば、行かなければよかった。私のプライドをズタズタにしてくれた男の呼び出しなど、蹴ってしまえばよかった」

　けど、花子さんはそうしなかった。

　まだ好きだったんだろう。平清盛のことが。

　ひと目でいいから、もう一度会いたい。

　その思いだけで、呼び出しに応じ宴席に参上した。

「私も、まだ二十一の年端のいかない小娘だった。アレとあの男の仲睦まじい様を見せつけられ、胸が痛くて涙が出た。そのようなことは、呼ばれる前からわかっていたはずだったのに……」

　沈痛な面持ちの花子さんに、ぼくはかける言葉が見つからなかった。

「席を立って、帰ろうとした。そのときだった。アレが、人目を盗んで私の耳に囁いた。相国の子を身ごもった、と。あの笑顔を、私は永遠に忘れないだろう。きっと私を呼び立てたのも、そのことを直接伝えたいがためだったんだろう」

「けど、そんな話、資料には……」

「当たり前だ。あるわけがない。私の口からこのことを教えたのは、君がはじめてだ。花子さんは、こんなにも惨めな負け犬なんだよ」

すくなからず、ぼくもショックだった。仏さんは、僧衣のせいかもしれないけど、寛容そうで、善良な尼さんに見えたから。

「家に帰った私は、自殺をしようとして母に止められた。そこで、世を捨て、尼になる決意をし、都を出た」

これは平家物語にもある一節だった。祇王と妹、母の三人で都を出ていき、嵯峨の山にこもった、と。そのお寺が祇王寺として、今も残っている。

「立場を奪われ、男も奪われ、さらには子ができたと追い打ちをかけるように報告をしたアレを、私は許せなかった」

「庵で念仏を唱えて、後世の幸せ願ったってありますけど」

「そんな仕打ちをされた私が、他人の幸せを願えるとでも?」

「違うんですか」

こくり、と花子さんはうなずいた。

「気を紛らわせるには持って来いだったんだよ。念仏というのは」

「ともかく、念仏で世俗のことを忘れられた、と」

「まあ、そんなところだ」

そうして季節がいくつか巡るころ、仏さんも花子さんのあとを追うように出家して、祇王寺を尋ねてくる。

「仏の道を進んでいた私は、そうか、と穏やかな気持ちで受け止めたよ」

仏さんは、花子さんのおかげで出世できたのに、花子さんは追い出されてしまい自分だけが残ったのは、本当に心苦しかったと言ったそうだ。追い出されるのは明日は我が身と思い、自ら剃髪し花子さんのもとを訪ねたいう。

「許してほしいと泣かれてしまい、私は許したよ。それすらも何かの計算かと思ったけれどね。けど、さすがに剃髪して行方知れずの私を探し出してやってきたその執念は本物だった」

こうして、花子さんたちは同じ庵にこもって、仏さんが故郷へ戻るその日まで往生を願ったという。

「ところどころ、知らない部分はありましたけど、概ねぼくが調べた通りでした。花子さんが仏さんに会いたくないと突っぱねるのも、わかります」

「君はなんにもわかっていないね」

やれやれ、と花子さんは首を振る。

「言っただろう。筋違いだって。仏が私に改めて謝罪するなんて、今さらだし、当時私はすでに許している」

「え？　じゃあ、どうして会わないんですか？」

「言いたくない。知ればきっと、君は私を軽蔑する。だから、過去を詮索しないでほしかった」

直感的に、ぼくは悟った。

その軽蔑する何かがあったから、花子さんはあやかしになったんじゃないだろうか。

資料によると、仏さんが身ごもったという話はあったらしいけど、親は不明。それにより詳細も不明。

当時を知っている花子さんがああ言うのなら、仏さんが身ごもったのは平清盛の子なんだろう。

最高峰の権力者であった平清盛の子であるなら、娘なのか息子なのか、母親は誰なのか、それらは簡単にわかる。

けど、そこに仏さんの名前もその子の名前もない。

「ねえ、花子さん」

「これ以上は訊かないでほしい」

平清盛から酷い仕打ちを受けた花子さん。

仏さんに地位を奪われ、愛していた人を奪われ、耳元で子ができたと囁かれた花子さん。

自殺まで思い詰め、住んだ家も都一と謳われた白拍子も捨てた花子さん。

……許せなかった、と言っていた。

どうやらこの物語は、ただの悲恋で終わるわけではないらしい。

「ねえ、花子さん。仏さんの子供って、どうなったんですか？」

今までぼくが調べたことに、捕捉説明してくれたり、当時のことを語って聞かせたりしてくれた。

けどこの質問には、無言を貫いた。

そのことを語るには私も少々覚悟が要る。日も暮れた。今日は帰りたまえ。

そう言い残して、花子さんは姿を消した。

どういう覚悟なのか、と訝ったけど、彼女はぼくに軽蔑されたくないと言っていた。だから、自分の中で心の準備が必要なんだと思う。

そういう意味では、ぼくも心の準備期間をもらえた。

花子さんが何をしてしまったのか、最悪を想定しておけば、ぼくは花子さんを軽蔑せずに済むかもしれないから。

翌日の昼頃から待っても花子さんは現れなかった。けど、ぼくにはまた姿を見せてくれるという確信があった。

再会から三日後の夕方。

花子さんの気配がすると、個室の扉が開いた。

「飽きもせず、君は毎日来るんだね」

「はい。花子さんといると、飽きないですから」

そうか、と花子さんは小さくつぶやいた。

いつもより口調は重く、綺麗な顔をすこし強張らせていた。

「ぼくも、花子さんの話を聞く覚悟をしてきました。何でも話してください」

「わかった。君の覚悟は確かに受け取った。私も覚悟はしてきたつもりだ。驚くとは思うけれど、聞いてほしい。たぶん、他人に話すのはこれが最初で最後になるだろうから」

そう言って花子さんは切り出した。

「私なりに、現在どんなふうに語り継がれているか調べてみた。先に言っておこう。実際の出来事と書物の情報では食い違う部分がある」

ぼくがうなずくと続けた。

「私が先日言っただろう。仏が大相国の子を身ごもった、と。嵯峨《さが》の庵にこもるようになってからしばらく、仏は子を産んだ。私は、その子をさらってしまった」

慎重に言葉を選びながらそう言った。

ぼくが考えていた事態よりは、軽い出来事だったので思わず小さくため息をついた。

「その子は、どうしたんですか？」

「母と妹には、庵の前に捨ててあったと言って、三人で育てようとしたよ」

「育て、ようとした？」

「うん。結果的に、流行り病を得て死んでしまった。一歳になるすこし前のことだ」

「そうでしたか。よかったです」

「何がいいもんか」

「あ、ごめんなさい。ぼくが考えていたのは、もっと酷いことだったので、それに比べれば花子さんの所業は、可愛いものです」

軽蔑してないことに安堵したのか、それとも呆れたのか、花子さんは破顔した。

「マンガのようなことは、そうそう起きないよ。君、すこしマンガの読みすぎなんじゃないか？」

そう言われても、仕方ない。ぼくは、その子供にもっと酷いことをするって妄想していたから。けど、最悪を想定しておけば、だいたいそのハードルを下回ってくれる。何も考えていなければ、ぼくは衝撃を受けたかもしれない。

「そのセリフ、そっくりお返ししますよ」

いくぶんか、空気がゆるんだおかげで、花子さんの口もさっきよりは軽くなった。

「本当のことを誰かに話すのは、これがはじめてだ。永遠に話す気はなかったのだけど。宮中では、その子が神隠しにあったとして、当時の陰陽師が総出で捜索にあたったみたいだけれど、ついに見つかることはなかった」

陰陽師も大したことないね、と花子さんはぼくを見てキレのある皮肉を言った。

「花子さん……祇王があやかしになったのは、これが原因なんじゃないかって、ぼくは推理します」

おや、と花子さんは眉を上げた。感心したときの反応だから、当たっているみたいだ。

ぼくは自前の推理を進めていく。

「死後、花子さんは未練を残し現世にとどまり、その想いの強さからこの世に干渉できるほどの存在になった。そして、霊というよりは悪霊、悪霊というよりはあやかし――そんなふうにして、今まで京都に息づいてきた」

くつくつ、と上品に笑みをこぼした。

「それで?」

楽しげに花子さんが先を促す。けど、ぼくはポカンとした。

「それでって、なんですか?」

「何ではないだろう。その先だよ。君の推理では、祇王は死後、あやかしになり君の大好きな花子さんとなったんだろう?」

「いや、大好きって、ぼく、そんなこと言ってないですし」

「変なところに反応するな。話がそれるだろう」

話がそれるだろう、ってそういうふうに、ぼくをからかったのは花子さんだろうに。

「花子さんというのは、君が勝手につけた名だ。都一の白拍子の芸に、都一の美貌を持つ乙女、祇王だった。それに間違いはない。そして死後私はあやかしになった——というのが君の推理だ。色々とあやかしモノがいるのは君も承知している。それでは、祇王は一体何のあやかしになったっていうんだい?」

「それは」

そこまで考えが及んでいなかった。

花子さんは、何か悪さをするというわけではないし、むしろぼくによくしてくれる。そんなあやかしは、花子さんがはじめてだった。ぼくが知っているあやかしに、そんなあやかしは存在していない。

「もう十分にヒントは出した。君も知っているあやかしだよ。陰陽師でなくても、その名を知っている者は多いはずだ」

「え？　そんなに有名なんですか？」

一般人でも知っているなんて言われると、逆にプレッシャーを感じる。わからなかったらどうしよう。

それに、もう十分ヒントを出したって言った。てことは、これまでの会話の中に答えに繋がるキーワードが隠されているんだ。

都一の美貌で、白拍子の芸の名手。

これは絶頂期の祇王の情報だから、重要ではなさそうだ。

悲恋のほうだろうか――恋も夢も破れて都を落ちていったこと。けど、平家物語にある情報ではあるから、何のあやかしなのかを特定する材料にはなりそうにない。

――不思議現象に名前がついたそれが、あやかしの正体やねん。

そうか。

ハチさんの言が正しいのなら、花子さんの行いをあやかしとすることができる。

子をさらって、育てようとした――？

いや、それは花子さん視点の事実だ。名前をつけるのは、あくまでも人間で、当事者ではない。これを仏さんから見たらどうだろう。

いつの間にか、産まれて間もない赤子が煙のようにいなくなってしまう。

「あ。神隠し――」

茶化すこともなく、からかうこともなく、花子さんはぼくの推理をずっと見守ってくれている。

ぼくは最近調べ尽くした平家物語の、その一節を思い出す。

「人にて人ならず、鳥にて鳥ならず、犬にて犬ならず、手足は人、かしらは犬、左右に羽根はえ、飛び歩くもの――」

神隠し。

地域にもよるけど、それは、天狗隠しとも呼ばれている。

「花子さんは、天狗……なんですか？」

「ご名答」

うなずくと、証拠を見せるように背に翼を生やした。綺麗な真っ白の翼で、あやかしだと知っていなければ、ぼくは天女様かと勘違いしただろう。

「でも、イメージとずいぶん違うというか」

「あれかい？　赤ら顔で鼻が長くて、大きな団扇を持って、一本歯の下駄で山伏の装束を着ている」

「はい」

「私たち天狗からすれば、姿形を変えることなんて容易なんだよ。とくに女天狗《めてんぐ》は美貌で有名だ。それに、私の容姿は昔からこうで、君のイメージする天狗は、民間伝承が混ざって仕上がったビジュアルに過ぎない」

天狗。天狗様。民間伝承では、それこそ神隠しの原因そのものであり、山の神として迷子を助けることもあるという。派生した寓話がヤマンバの元になっていたりと、様々な逸話が古来から残っている。

「子供の姿にだって変化することもあってね。大抵は気味悪がられてしまったのだけど」

「山にはいなくていいんですか？」

「私は好きにしている」

古来からいるあやかし、天狗。そうなら、色々とあやかしに詳しいのも納得だった。

花子さんが天狗だったというのには驚いたけど、腑に落ちないことがまだある。

「天狗だから、仏さんに会えないいんですか？」

「そういうわけではない」

「じゃあ、どうして」

「仏や大相国にどんな仕打ちをされようとも、私が生前、祇王のころにしてしまった罪は消えない。今が天狗だろうとなんだろうと、会わせる顔があるわけがないだろう」

もうこの話は終わりだ、というふうに、花子さんは手を振った。

「待ってください」

そう簡単に終わらせない。

「友達だったんでしょう？　会って謝れば、きっと仏さんも許してくれます」

「許せるはずがないだろう」

「そんなのわからないじゃないですか！　じゃあどうして仏さんは、花子さんに会おうとしているんですか！」

「私を見て笑うためだろう。仏の道に進んだにも関わらず、常世に行くこともなく今こうしている様をね」

「違います！」

「そんなことはわからないだろう」

「わかります！」

むきになって、思わず大声で叫んでしまった。花子さんが驚いたように目を剥く。

花子さんは、仏さんにやられた仕打ちの印象が勝ち過ぎているんだ。花子さんから見た現実は、そうなのかもしれない。自分の座を奪い、男を奪い、あまつさえその男との子を身ごもったことを報告してくる、嫌な女。

けど、それは花子さんの主観でしかない。

二人の物語はそれで終わりではない。

花子さんの行いで、花子さんを天狗とするのなら、仏さんだって同じことが言える。

「裏は取ってあるんです。仏さんは、祇王に酷いことをしたって、花子さんの前で泣いて謝ったんでしょ？　花子さんと同じように、地位も男も芸も美貌すら捨てて、追いかけて来たんでしょう？」

花子さんとそう年の変わらなかった仏さんが、自ら剃髪して庵を訪ねた。

年頃の女の子が、髪を剃り落とすなんて、生半可な覚悟じゃない。

「君も仏の味方か！　すべて計算高い仏の印象操作で」

「違う！　ぼくは花子さんの味方です」

花子さんが何か言おうとするのを遮った。一拍置いてぼくは続ける。

「仏さんが計算高い女の人で、男に取り入るのが上手い女の人なら、ぼくは花子さんとは会わなくたっていいと思うし、会ってほしいとは思いません。でも、あの人は、心底あなたのことが好きなんです。憧れているんです」

子を身ごもったと告げたとき、仏さんは笑顔だったという。

それは、どんな笑顔だっただろう。

花子さんは酷い仕打ちを受けたという印象が強すぎて、その笑顔は邪悪なものに見えたのかもしれない。

もしかすると、その笑顔は、親友にもそのことを喜んでほしいという、無邪気な心からくる表情だったんじゃないだろうか。

あとで、仏さんは、意図せず花子さんを傷つけてしまったことを知る。自殺を図ったことや都を出ていくという話は、仏さんの耳にも届いただろうから。

「私を好きでいてくれる者や憧れている者ならば、なおのこと会えない。仏は、きっと私が我が子を神隠しにした犯人だとは知らない」

仏さんのセリフが思い出された。

――では、いまだに許しをいただけないのか、それとも許せないのかといったところでしょう。

『いまだに許しをいただけない』とは、花子さんが許してくれないって意味だ。

そのあとの『許せないのかといったところでしょう』は、これも、花子さんが、というのが主語にくる。仏さんはたぶん、わかっている。花子さんが、自分を許せないでいるということを。

花子さんは、仏さんが謝罪に来るのは筋違いだと言い続けていた。

そして、会わせる顔がないと何度も言っている。

「とっくの昔に、仏さんはあなたが何をしたかなんて気づいている！　それをわかった上で会おうと言っているんです！」

「だったら、仏が私に会いたいのは、因果応報だと私を笑うためで」

「違います。最初、ぼくにあの人は言いました。謝罪したい、と。因果応報だと思っているのは、仏さんのほうでもあるんです。もし笑うためだったとしても、いいじゃないですか。何か言われても、いつものように皮肉で言い返してやればいい」

「結局、仲がこじれたままになるのであれば、会う必要はない」

どうしてこんなに憶病なのか、ぼくはその気持ちがすこしわかる。

いつもの花子さんならドンと構えて、なんでも口でやり返してしまいそうなのに、そうしようとは思わない。

それは、仏さんが掛け替えのない友達だからだ。

嫌われたくないのは当たり前。嫌われたまま再会するのも、怖い。

ぼくは、『トイレの花子さん』を連想したから、彼女を花子さんと呼ぶようになった。これは、あながち間違いでもなかった。

伝承のひとつでは、天狗は山の神であり、子供を災難から助けてくれる存在でもある。

　そして、悪さをするあやかしたちは、不浄で陰気な場所を好む。

「子供を理不尽な何かから守るために、学校のトイレにいるんでしょう?」

　常に学校のトイレに花子さんはいた。公園のトイレでもコンビニのトイレでもビルのトイレでもなく、学校のトイレに。

　自分の罪を悔いて、花子さんは、子供たちを守ろうとしていた。

「いい加減、自分を許してあげてください。もう、むこうは許しているんです」

　花子さんは唇を噛みながら、二度うなずいた。


　花子さんが、ついに仏さんと会うことを了承した。

　ぼくはどこかで見ている仏さんに呼びかけ、平助くんをこちらに送ってもらった。

　しばらくして、「キィ」という鳴き声がして、平助くんが現れる。

　とことこ、と歩く子狐に、ぼくと花子さんはついて行った。

「そんなにしなくても、逃げたりしないよ」

「いいえ。花子さんは意外と憶病らしいので、きちんと手は繫がせてもらいます」

「敵わないね、君には」

苦笑する花子さん。けど、振りほどこうという素振りは見せなかった。

徐々に緊張してきたのか、花子さんの軽口が減っていった。

やがて、あの見覚えのない町にやってくる。夕暮れに染まる町は、どこか郷愁《きょうしゅう》に誘われた。

歩調を早めた平助くんが駆け足になり、僧衣のそばまで駆け寄った。

茜色の夕日を背負う仏さんは、今日も穏やかな微笑を浮かべている。

ぼくは手をほどいた。

「祇王様」

「仏か。久しいな」

ぼくがここに割って入るのは無粋だ。数歩下がって二人から離れると、こっちに平助くんもやってきた。空気の読める子狐らしい。

仏さんは、ぐっと口を一文字に縛って、目元を赤くしていた。花子さんはバツ悪そうに目をそらしていると、仏さんが花子さんの手を取った。

「あのとき、門前払いされたわたしを取り持ってくださった恩人に、なんてことをしてしまったのかと、長年悔いておりました」

「もうよい。それは、そなたが出家してきたあの日に聞いた」

「思慮が至らないばかりに、祇王様を深く傷つけてしまい……」

「よいのだ。私も、そなたの子のことは、謝っても許されることではないと思っている」

何度も首を振る仏さんの目じりから、一条の涙がすっと落ちていった。

「本当に、申し訳ない」

「それもこれも、わたしが恩を仇で返した報いなのです」

「そんなことはない。すべて、私の弱い心がため」

袖で顔を隠し、仏さんは嗚咽した。

「……貴女のようになりたいと憧れ、貴女のおそばで歌い舞う日々は、夢のようでございました。貴女のおかげで、今のわたしがあります。なのに、どうしてこう拗れてしまったのでしょう」

ただの悲恋として語るには、あまりにも言葉が足りなかった。

白拍子の名手としての栄光と挫折と失恋、対して、彼女に憧れ、すべてを手に入れた少女。

ぎこちない会話は、二人の間に横たわった長い時間を思わせた。

涙ながらに後悔を語る仏さんと、それを許す花子さん。

花子さんが懺悔すれば、自分が悪いのだから、と彼女を許す仏さん。

こうしていると、仲のいい姉妹のようにさえ見えた。

わだかまりは解けたようなので、ぼくの役目はもう終わりだと思っていいだろう。

平助くんにお願いして、元の場所まで連れ帰ってもらった。

それから、ぼくは花子さんに会うことはなかった。

でもぼくは確信している。

また、このトイレに帰ってくるだろうと。

ぼくが確信できたのには、理由がある。

貸したマンガを少しずつ読み進めている形跡が、今までに何度もあったからだ。すべて読み終わったら、またぼくの前に姿を現し、横柄に続きを寄越せと言うんだろう。

祇王は、死後天狗となり、自らの行いを悔い改めるため子供を見守ることにした。

花子さんは、子供の姿になることもあると言っていた。ということは、小学校のトイレにも現れたんだろう。

なるほど、たしかにトイレの花子さんだ。

トイレ通いをしているぼく宛に、置手紙を見つけた。

『祓うだけが陰陽師ではないんだろう？　君が何をそんなに悩んでいるのか、私は皆目見当がつかない。光晴殿のような武闘派でも爺殿のような天才でなくていい。君は君だけのやさしい陰陽師になればいい』

涙で視界が曇った。

はっきりわかった。

ぼくは、ずっと誰かにそう言ってほしかったんだ。

陰陽師の能力や努力で、常にジイちゃんの若い頃に比べられ、常識や『当たり前』に押し込められて、息が苦しかった。

陰陽師から逃げるにしても、何をすればいいのかもわからなかった。

ハチさんやジイちゃんの心配が申し訳なくて、悲しくて、辛かった。

『天狗に説教をし口で負かす者はそうはいまい。新城孝春に陰陽師の才あり』

こぼれた涙を手のひらで拭う。大切に手紙はポケットにしまった。

旧校舎三階のトイレでぼくは彼女を待つ。

そろそろ、マンガを全部読み切るころだから。

今日会えなくても、きっとまた、ぼくがあやかしのことで困っていると姿を現すに違いない。

だって、彼女は花子さん。

あやかしのことなら、何でも知っている。

《了》

一二三文庫

隣の席の佐藤さん

森崎緩　装画／げみ

——僕は佐藤さんが苦手だ。地味で、とろくて、気が利かなくて、おまけに大して美人でもない佐藤さんと隣の席になった、ひねくれもの男子の山口くん。何気ない高校生活の日常の中で、認めたくないながらも山口くんは隣の席の佐藤さんに惹かれていく。ある時、熱を出して倒れた佐藤さんの言葉をきっかけに二人の関係は急速に変わっていく……。甘酸っぱくてキュンとくる、山口くんと隣の席の佐藤さんの日常を描いた青春ストーリー！

一二三文庫

京都九条のあやかし探偵
～花子さんと見習い陰陽師の日常事件簿～

2019年2月5日　初版第一刷発行

著　者　志木 謙介
発行人　長谷川　洋
発行・発売　株式会社一二三書房
〒102-0072
東京都千代田区飯田橋2-14-2 雄邦ビル
03-3265-1881
http://www.hifumi.co.jp/books/
印刷所　中央精版印刷株式会社

ISBN 978-4-89199-550-8